マルティネ・レテリー＝作
野坂悦子＝訳

GROETEN VAN LEO

レオがのこしたこと

ヴェステルボルク収容所の子どもたち

静山社

Original title: **GROETEN VAN LEO**

Drawings and letters by: Leo Meijer
Photos: Westerbork Memorial | www.kampwesterbork.nl,
except photo Star of David (p.25) © Beeldbank
WO2, photo Hollandsche Schouwburg (p.47)
©Rotterdams Dagblad via Beeldbank WO2.

Japanese translation published by arrangement with
Uitgeverij Leopold bv, part of WPG
Kindermedia B.V. through The English Agency (Japan) Ltd.

もくじ

家《いえ》からつれだされて

家《いえ》の呼《よ》び鈴《りん》が鳴《な》ります。どうしたんでしょう。レオはすぐに、なにか変《へん》だと気《き》がつきました。こんな朝早《あさはや》く、ほかのひとが家《いえ》にきたことはありません。レオは、パパやママと朝《あさ》ごはんを食《た》べていたところで、まだパジャマを着《き》ています。

パパは、ママにすばやく目《め》をやってから、レオを見《み》ました。そして考《かんが》える時間《じかん》をつくろうとするように、ていねいに新聞《しんぶん》をたたみました。ママはお皿《さら》のよこで、こぶしをぎゅっとにぎっています。レオは心臓《しんぞう》がどきどきして、のどまでのぼってきそう。体《からだ》じゅうがぴりぴりして、ほんの一瞬《いっしゅん》、時間《じかん》がとまったようです。

もう一度《いちど》、下《した》で呼《よ》び鈴《りん》が鳴《な》ります。静《しず》けさのなか、強《つよ》く長《なが》くおす音《おと》。外《そと》の通《とお》りにいるだれかが、早《はや》くあけろといっているのです。

パパは立《た》ちあがってドアにむかい、二階《かい》の廊下《ろうか》ホールに出《で》ると、薬局《やっきょく》のよこの入《い》り口《ぐち》をあけるひもを引《ひ》っぱりました。

「なんのご用《よう》で……」

らんぼうな足音《あしおと》が、二階《かい》につづく階段《かいだん》をかけあがってきます。男《おとこ》のひとの声《こえ》がしました。

「いっしょにきてもらう、メイエルさん。奥《おく》さんとむすこのレオも、全員《ぜんいん》だ。身《み》のまわりのものを、できるだけ早《はや》くまとめろ。すぐ出発《しゅっぱつ》できるよう、車《くるま》が下《した》で待《ま》っている。午前中《ごぜんちゅう》に、このズワインドレヒト地区《ちく》のユダヤ人全員《じんぜんいん》をつれていく予定《よてい》だ。いそげ」

ママは両目《りょうめ》を大《おお》きくひらいて涙《なみだ》をうかべ、じっといすにすわっています。まるで動《うご》けなくなったみたいです。

「きこえないのか？」

台所《だいどころ》のドアのなかに入《はい》った警官《けいかん》がいうと、うしろからもうひとり、警官《けいかん》があらわれました。

「荷物《にもつ》をまとめろ、さっさといそげ！」

レオはその警官《けいかん》を見《み》てから、ママを見《み》ました。どうしたらいいんでしょう？

「おいで、レオ」と、パパが廊下《ろうか》から声《こえ》をかけます。「ママがサンドイッチを用意《ようい》してくれる。自分《じぶん》の部屋《へや》に行《い》って、着《き》がえなさい。そしてなにを持《も》っていったらいいか、考《かんが》えるんだ。万一《まんいち》のために、ネルが着《き》がえを入《い》れてくれたリュックサックもある。おまえのベッドの下《した》だ」

着《き》がえを入《い》れたリュックサック？　万一《まんいち》のために？　パパはこんなことが起《お》こるって、知《し》ってたの？

そう、パパは、薬局《やっきょく》の助手《じょしゅ》だったネルにも相談《そうだん》していたのです。レオの一家《いっか》は薬局《やっきょく》の上《うえ》に住《す》んでいるので、ネルはこの家《いえ》にもよくきてくれました。

レオは頭《あたま》がずきずきしてきました。たぶん、レオにもわかっていたのです。自分《じぶん》はユダヤ人《じん》だって。戦争《せんそう》がはじまり、ドイツ軍《ぐん》がレオたちの住《す》むオランダの支配者《しはいしゃ》になってから、ユダヤ人《じん》にできることは、だんだんすくなくなっていました。ドイツ軍《ぐん》は、ユダヤ人《じん》は人《じん》種《しゅ》がちがうだけでなく、悪《わる》い人間《にんげん》だといっていたのでした。

最初《さいしょ》に、パパは、薬局《やっきょく》でつかう自転車《じてんしゃ》を手放《てばな》さなければいけませんでした。ユダヤ人《じん》だからという理由《りゆう》で。つぎにレオも、ナワイン先生《せんせい》のいる、みんなと同《おな》じ学校《がっこう》へ通《かよ》えなくなりました。それからパパは、自分《じぶん》の薬局《やっきょく》をほかのひとにゆずることになりました。ユダヤ人《じん》は医者《いしゃ》であることも薬局《やっきょく》をひらいていることも、ゆるされなくなったから。そしてこんどは、家《いえ》を出《で》ろというのです。まるで終《お》わりのない、どんどんこわくなる夢《ゆめ》のようでした。

レオがいすから立《た》つと、警官《けいかん》はわきによって、レオが通《とお》れるようにしました。でもレオを見《み》ようとはしません。なぜでしょう？　ユダヤ人《じん》は悪《わる》い人間《にんげん》なので、なるべく見《み》ないようにしているから？

パパは先《さき》に上《うえ》の部屋《へや》へむかい、ママもすこしして、レオのあとを追《お》ってきました。なにもいわず、ほほに涙《なみだ》を流《なが》しています。ママは大《おお》きな寝室《しんしつ》へ入《はい》り、レオも自分《じぶん》の部屋《へや》に入《はい》りました。ベッドはまだぐちゃぐちゃで、カーテンもとじたままです。レオはカーテンをあけ、ブラインドもあげました。むかいの家々《いえいえ》の上《うえ》の空《そら》は、もう暗《くら》くはなく、すこしずつ灰《はい》色《いろ》になりかけています。太陽《たいよう》がのぼれば一日《いちにち》のはじまりです。ズワインドレヒトに住《す》む、ユダヤ人《じん》以外《いがい》の多《おお》くのひとたちにとっては、ふつうの月曜日《げつようび》の朝《あさ》でした。

ベッドのまえのいすに、今日《きょう》着《き》る服《ふく》がおいてあります。ママがきのうの夜《よる》、用意《ようい》してくれたものです。いそいで着《き》がえると、レオは自分《じぶん》の部屋《へや》を見《み》まわしました。ベッド、壁《かべ》の絵《え》、おもちゃの列車《れっしゃ》が入《はい》っている戸棚《とだな》……。

このいやな夢《ゆめ》はいつ終《お》わるんだろう、ぼくはいつ、ここに帰《かえ》ってくるんだろう？

そのとき、警官《けいかん》の太《ふと》い声《こえ》が家《いえ》じゅうにひびきました。

「何時間《なんじかん》待《ま》たせる気《き》だ！」

パパが、あわててレオの部屋《へや》に入《はい》ってきます。

「いそいで」

そういうと、ベッドのまえで体《からだ》をかがめ、下《した》からリュックサックを取《と》りだしました。

「着《き》がえがつめてある。下着《したぎ》や、厚手《あつで》のセーター、また暖《あたた》かくなったときのためにうすいシャツも……」

うすいシャツ？　レオはとつぜん、息苦《いきぐる》しくなりました。なにかに胸《むね》をおされているみたいです。

「ぼくたち、夏《なつ》になっても、まだ家《いえ》に帰《かえ》れないの？」

パパは目《め》をふせて、答《こた》えました。

「わからない。もちろん帰《かえ》りたいとは思《おも》っている。レオは、なにを持《も》っていくんだい？」

レオは、胸《むね》のおされる感《かん》じをなんとかしたくて、ごくんとつばを飲《の》みこみました。

なにか持《も》っていかないと、大事《だいじ》なものを選《えら》んで。列車《れっしゃ》にする？　だめだめ、リュックサックには入《はい》らない。おじいちゃんやおばあちゃんからもらった、ぬいぐるみのクマは？

やっぱりだめだ。ぼくはもう大《おお》きいから、あのクマがいても楽《たの》しくならないよ。

そのとき、いいことを思《おも》いつきました。色《いろ》えんぴつと自由画帳《じゆうがちょう》です。絵《え》なら、どこでだってかけるはず。レオは色《いろ》えんぴつの箱《はこ》と自由画帳《じゆうがちょう》を手《て》に取《と》って、パパにわたしました。

「いい考《かんが》えだ」パパはそれをぜんぶレオのリュックサックに入《い》れると、立《た》ちあがります。

「さあ、行《い》こう」


外《そと》に出《で》たレオが最初《さいしょ》に見《み》たのは、ふたりのドイツ兵《へい》で、そのあとトラックが何台《なんだい》か見《み》えました。ドイツ兵《へい》は足《あし》をすこしひらいて立《た》ち、大《おお》きな銃《じゅう》をかまえています。兵隊《へいたい》たちはレオではなく、パン屋《や》「ファン・デル・ヤハト」のショーウィンドウに、目《め》をむけています。

どうして、だれもレオを見《み》ないのでしょう？　どうして、七歳《さい》の男《おとこ》の子《こ》が銃《じゅう》を持《も》っただれかに、家《いえ》からつれだされるのでしょう？

レオは足《あし》もとがふらふらして、とつぜん、まえに進《すす》めなくなりました。うしろにいるママの手《て》にすがりつきます。

「ママ！」と、悲鳴《ひめい》をあげたつもりだったのに、出《で》てきたのはかすれ声《ごえ》でした。

「どんどん歩《ある》け、ペースを守《まも》れ！」大声《おおごえ》をあげる警官《けいかん》は、羊《ひつじ》の群《む》れを追《お》う犬《いぬ》のように、レオたちを追《お》いたてます。あとを追《お》われる動物《どうぶつ》たちは、こんなふうに感《かん》じるのでしょうか？

レオが警官《けいかん》をこわいと思《おも》うのと同《おな》じように、羊《ひつじ》たちも犬《いぬ》をこわがっているのでしょうか？ ママがレオの背中《せなか》に手《て》をあてて、やさしくおしました。

「進《すす》みましょう、レオ」

通《とお》りのすこし先《さき》のほうでも、町《まち》のひとが何人《なんにん》かだまったまま、こちらを見《み》ています。

パパがまず、トラックに乗《の》りこみました。張《は》りつめた顔《かお》で、朝《あさ》の冷《つめ》たい空気《くうき》に白《しろ》い息《いき》をはきながら。パパは、レオのほうへ腕《うで》をのばしました。

「おいで、手《て》をかそう」

トラックに乗《の》りこむまえに、レオはパン屋《や》「ファン・デル・ヤハト」のほうをふりかえりました。ショーウィンドウのかげに、ジャンヌがパパやママとならんで立《た》っています。

パン屋《や》のおじさんは、腕《うで》を奥《おく》さんの体《からだ》にまわし、反対《はんたい》の腕《うで》でジャンヌを引《ひ》きよせていました。となりの家《いえ》に住《す》むレオたちが、あっというまにつれていかれるのを、どう見《み》ているのでしょう？ まだ五歳《さい》になったばかりのジャンヌには、なにが起《お》きているか、きっとわからないはずです。

ほんの一瞬《いっしゅん》、レオとジャンヌ、ふたりの目《め》が合《あ》いました。

パパはレオをトラックに引《ひ》っぱりあげると、また腕《うで》をのばして、こんどはママを助《たす》けています。レオは立《た》ったまま、目《め》をこらしました。荷台《にだい》は暗《くら》く、奥《おく》のほうに何人《なんにん》かすわっていたけれど、だれなのか見《み》えません。ママもトラックに乗《の》りましたが、ふたりが腰《こし》をおろすまえに、トラックは走《はし》りだしました。

ママは悲鳴《ひめい》をあげてバランスをくずし、レオとふたりで、荷台《にだい》のまんなかにおかれたカバンの山《やま》にしりもちをつきました。トラックはほんのすこし走《はし》ったあと、とまりました。エンジンはかかったままです。

「だいじょうぶか、レオ」

パパがレオを助《たす》け起《お》こしました。そして荷台《にだい》の奥《おく》の、先《さき》にいたひとたちのよこに、すわる場所《ばしょ》を探《さが》しました。だれも口《くち》をひらこうとしません。

沈黙《ちんもく》のせいで、レオの胸《むね》の重苦《おもくる》しさはさらに大《おお》きくなりました。

「なんでトラックは先《さき》に進《すす》まないの？」と、レオはききます。

「デン・ハルトフさんの家族《かぞく》だ」パパは小声《こごえ》で答《こた》えました。

そうか。あの角《かど》の肉屋《にくや》さんもユダヤ人《じん》で、ユダヤ人《じん》は全員《ぜんいん》つれていかれるんだ。だれひとり、家《いえ》にのこっていてはいけないんだ。だったら、からっぽになったぼくたちの家《いえ》はどうなるの？　みんなが帰《かえ》るまで、だれが見張《みは》っててくれるの？

肉屋《にくや》の奥《おく》さんは、大声《おおごえ》をあげて泣《な》きながらトラックに乗《の》りこみ、デン・ハルトフさんが、その背中《せなか》をやさしくたたいていました。娘《むすめ》さんのエステル、ほとんど大人のエステルが、レオのとなりにきてすわりました。それからトラックはまた走《はし》りだします。

最後《さいご》にとまったのは、市庁舎《しちょうしゃ》のまえでした。

「アウスシュタイゲン（おりろ）！」

ドイツ兵《へい》がさけびます。乗《の》せられたひとたちは、ひとりずつ、トラックからおりました。男《おとこ》のひとたちは奥《おく》さんに手《て》をかし、パパはレオをだきあげておろしました。みんなで市庁《しちょう》舎《しゃ》に入《はい》ると、ママがレオの手《て》をぎゅっとにぎります。

レオたちはなぜ、ここにくる必要《ひつよう》があったのでしょう？　これで旅《たび》はもう終《お》わるのでしょうか？

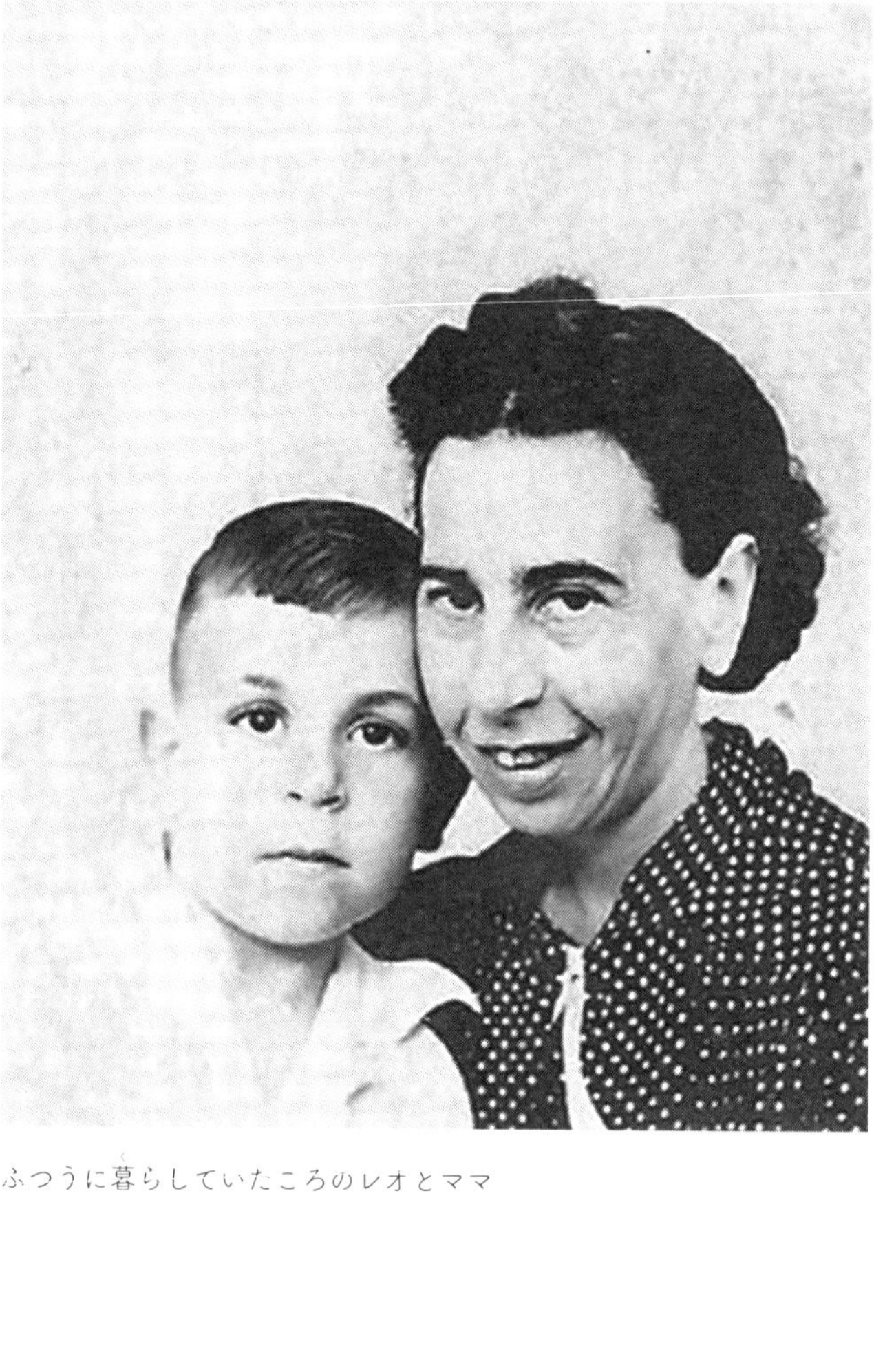

ふつうに暮《く》らしていたころのレオとママ

議《ぎ》場《じょう》で

ぜんぶで何人《なんにん》なのかな？

レオはゆっくりあたりを見《み》まわし、数《かぞ》えてみました。

二十人《にん》。その全員《ぜんいん》が、いまは市庁舎《しちょうしゃ》の議場《ぎじょう》にいます。大《おお》きなステンドグラスのある天井《てんじょう》の高《たか》い議場《ぎじょう》は、明《あか》るくていろんな色《いろ》の光《ひかり》にいろどられていました。壁《かべ》には大《おお》きな文字《もじ》で、こう書《か》いてあります。

恐《おそ》れではなく勇断《ゆうだん》が方針《ほうしん》を決《き》める

「勇断《ゆうだん》……」なんだか変《へん》な言葉《ことば》です。レオは字《じ》をちゃんと読《よ》めるのに、文章《ぶんしょう》の意味《いみ》がわかりません。パパにきこうか？　レオはパパの思《おも》いつめた顔《かお》を見《み》ました。

ううん、いまはやめておこう。

ここは、たぶん、ふだんは会議《かいぎ》をするところです。スーツを着《き》た男《おとこ》のひとたちが、まじめな顔《かお》で話《はな》し合《あ》いをするのでしょう。新《あたら》しい学校《がっこう》をつくらなくてはとか、必要《ひつよう》なら新《あたら》しい校長先生《こうちょうせんせい》や公園《こうえん》の管《かん》理人《りにん》をやとったほうがいいかとか。そのひとたちにはきっと、壁《かべ》の言葉《ことば》の意味《いみ》もわかっているはずです。

いま、議場《ぎじょう》のいすにすわっているのは、別《べつ》のひとたち。自分《じぶん》の住《す》むところからつれだされた、ユダヤのひとたちでした。

だれも危《あぶ》ないひとには見《み》えないし、悪《わる》いこともしていません。なのに同《おな》じ町《まち》の警官《けいかん》の手《て》で、家《いえ》からつれだされ、ここに

「恐《おそ》れではなく勇断《ゆうだん》が方針《ほうしん》を決《き》める」と、レオたちがとじこめられたズワインドレヒトの市庁舎《しちょうしゃ》の議場《ぎじょう》の壁《かべ》には書《か》いてあった

とじこめられています。ドアのよこには、黒《くろ》い制服姿《せいふくすがた》の警官《けいかん》がひとりいました。あごをあげて背中《せなか》に腕《うで》をまわし、緊張《きんちょう》した姿勢《しせい》で立《た》っています。窓《まど》のほうに目《め》をやりながら、レオたちを見張《みは》っています。

　なぜ見張《みは》られるのでしょう？　なんのせいで、ほかのひとたちとちがう目《め》にあうんでしょう？

　レオは議場《ぎじょう》にいるひとを、ひとりずつながめました。太《ふと》ったひとにやせたひと。のっぽの猫背《ねこぜ》のひともいれば、背《せ》の低《ひく》い女《おんな》のひともいます。髪《かみ》の色《いろ》も灰色《はいいろ》、黒髪《くろかみ》、金髪《きんぱつ》といろいろ、年齢《ねんれい》もいろいろです。全員《ぜんいん》がひとりのこらず、服《ふく》に「*星《ほし》」をつけていました。その星《ほし》だけが、みんなに共通《きょうつう》でした。ほかにも子《こ》どもはいたけれど、大《おお》きな男《おとこ》の子《こ》はレオだけです。ロサリーは三歳《さい》だし、ロサリーの妹《いもうと》のヨハンナは、このあいだまで赤《あか》ちゃんでした。別《べつ》の家族《かぞく》にも、ヨハンナと同《おな》じ年《とし》ごろの男《おとこ》の子《こ》がいて、ずっと泣《な》きやみません。ヨハンナは、母《かあ》さんのひざの上《うえ》で眠《ねむ》っていましたが。

　レオたちは、ここにもう何時間《なんじかん》もいます。あとどのくらいつづくのか、なんのためなの

*ユダヤ民族《みんぞく》やユダヤ人《じん》の象徴《しょうちょう》とされる〝ダビデの星《ほし》〟

か、だれも教《おし》えてくれません。レオはいすの上《うえ》で体《からだ》を前後《ぜんご》に動《うご》かし、自分《じぶん》のリュックサックが、まだ下《した》にあるのか確《たし》かめました。絵《え》をかこうか？　それからレオはもう一度《いちど》、警官《けいかん》を見《み》ました。ううん、だめだ。「ここから出《で》ろ、そのえんぴつはおいていけ」と、とつぜんいわれるかも。そしたら、ぼくにはなんにもなくなっちゃう。

レオはもう一度《いちど》、体《からだ》をすこし動《うご》かしました。おしりが痛《いた》くなってきたのです。

ママが頭《あたま》をなでてくれました。

「どうしたらいいかわかる？　なにかおもしろいことを思《おも》い出《だ》すの。そうすれば、時間《じかん》が早《はや》くすぎるわ」

レオはうなずきます。うん、そうだ、おもしろいことを思《おも》い出《だ》してみよう。

けさ、目《め》をさましたとき、レオは聖《せい》ニコラスがあと三週間《しゅうかん》できてくれると思《おも》っていました。興奮《こうふん》とうれしさで、おなかのなかがもぞもぞしていたのです。あのときはまだ、今日《きょう》、学校《がっこう》を休《やす》むことになるなんて、考《かんが》えてもみませんでした。

レオはひざを両腕《りょううで》でかかえこんですわり、両手《りょうて》に顔《かお》をうずめました。去年《きょねん》の*聖《せい》ニコラス祭《さい》は、楽《たの》しい日《ひ》だったなと思《おも》って。

あれは金曜日《きんようび》で、聖《せい》ニコラスは午前中《ごぜんちゅう》にクラスへきてくれた。だれがユダヤ人《じん》だとか、そうじゃないとか、聖《せい》ニコラスには関係《かんけい》なかった。「ふつう」の学校《がっこう》をおとずれただけじゃなく、ぼくたちユダヤ人《じん》のクラスにもきてくれたんだ。

「今日《きょう》は、わたしにとっていそがしい一日《いちにち》なんだよ、みんな」

聖《せい》ニコラスはそういうと、クラスじゅうを見《み》まわしました。

そのあと、ひとりずつに、やさしくうなずきかけてくれました。まるで、ユダヤの子《こ》どもにとって楽《たの》しい時代《じだい》じゃないのが、わかっているみたいでした。

「だがさいわい、わたしには手伝《てつだ》ってくれるピートがいてね。今夜《こんや》は、きみたちみんなが、プレゼントをもらえる。まちがいない。だがもちろん、いまここでも、いいものがもらえるぞ」

そのとたん、ドアを強《つよ》くたたく音《おと》がして、聖《せい》ニコラスのおとものズワルト・ピートがなかに飛《と》びこんできました。クラスのまえで、いきおいよくでんぐり返《がえ》しをしたのです。あ

＊東《ひがし》ヨーロッパを中心《ちゅうしん》に伝《つた》わる祝祭《しゅくさい》。聖《せい》ニコラスは十一月《がつ》にオランダに到着《とうちゃく》したのち各地《かくち》を回《まわ》り、子《こ》どもたちは聖《せい》ニコラス祭《さい》の十二月五日《がついつか》の夜《よる》にプレゼントをもらう

のときの先生《せんせい》の顔《かお》ときたら！

「ペパーノーテンを持《も》ってきたよ、先生《せんせい》」

ピートは低《ひく》い声《こえ》でいいます。

　そして教室《きょうしつ》の外《そと》へ飛《と》びだし、ペパーノーテンやお菓子《かし》をつかめるだけつかむと、ドアの外《そと》からなかへ投《な》げこみました。何人《なんにん》かの女《おんな》の子《こ》が歓声《かんせい》をあげます。

「ペパーノーテンを拾《ひろ》いなさい、みんな」

と、先生《せんせい》。その声《こえ》を合図《あいず》に、レオもいすをはなれてかけだし、だれもがお菓子《かし》をできるだけたくさんかき集《あつ》めようとしました。

「ペパーノーテン」は、ターイターイというべとべとのかたいクッキーとはちがう、スパイスのきいた小粒《こつぶ》のクッキーです。おまけに*タムタムまでありました。あのお菓《か》

ユダヤ人《じん》クラスで学《まな》ぶレオ

子《し》を思《おも》い出《だ》すと、レオの口《くち》のなかにつばが出《で》てきます。

午後《ごご》は、みんな自由《じゆう》になりました。**安息日《あんそくび》に間《ま》に合《あ》うように。そのことだけは、ユダヤ人《じん》の子《こ》どもたちが別《べつ》のクラスに分《わ》けられて、よかった点《てん》でした。

レオも学校《がっこう》をはなれて、渡《わた》し船《ぶね》のほうへ走《はし》っていきました。ズワインドレヒトに住《す》むユダヤ人《じん》の小学生《しょうがくせい》はレオしかいないので、毎日《まいにち》、渡《わた》し船《ぶね》で、ユダヤ人《じん》クラスのあるドルドレヒトの学校《がっこう》に通《かよ》っていたのです。船《ふね》の上《うえ》はあまり寒《さむ》くはありませんが、それでも風《かぜ》がびゅうびゅう吹《ふ》いています。空《そら》は灰色《はいいろ》で、川《かわ》も暗《くら》い色《いろ》をしていました。

渡《わた》し船《ぶね》の船長《せんちょう》はむこう岸《ぎし》につくと、手《て》をあげてレオにあいさつします。

「よい聖《せい》ニコラス祭《さい》を！」と、風《かぜ》にむかってさけんでいました。

薬局《やっきょく》のまえで、レオはネルに会《あ》いました。寒《さむ》さをふせごうと、ネルはオーバーのえりを立《た》て、両手《りょうて》をポケットにつっこんでいました。

「レオ、よい聖《せい》ニコラスの夜《よる》を！」

＊色《いろ》とりどりのフルーツグミやチョコ、ペパーミントがまざっている駄菓子《だがし》
＊＊ユダヤ教《きょう》では、金曜日《きんようび》の日没《にちぼつ》から土曜日《どようび》の日没《にちぼつ》までが、サバットと呼《よ》ばれる安息日《あんそくび》になっている

「ネールチェもね。聖《せい》ニコラスは、きみのとこにもくる？」

レオはいつでもネールのことをネールチェと呼《よ》んでいます。そう呼《よ》んでいいのはレオだけで、なぜかというと、ふたりは大《だい》のなかよしだったからでした。

ネルはレオにむかって、にっこりわらいました。

「わたしはもう子《こ》どもじゃないけど、聖《せい》ニコラスがきてほしいわ。もちろん、うちでもお祝《いわ》いするのよ」

パパがプレゼントの入《はい》ったカゴを、部屋《へや》に持《も》ってきたときが、その日《ひ》の最高《さいこう》の時間《じかん》でした。レオはすぐに、自分《じぶん》の名前《なまえ》の書《か》いてある大《おお》きな箱《はこ》があるのに気《き》がつきました。そして箱《はこ》のなかには……列車《れっしゃ》が入《はい》っていたのです。しかもひとつの車両《しゃりょう》だけでなく、機関車《きかんしゃ》と貨《か》車《しゃ》と、レールまで。ずっしりしてぴかぴかの機《き》関車《かんしゃ》と、窓《まど》のついた深紅《しんく》の貨車《かしゃ》。こんなにすごいものを、レオは見《み》たことがありません。

ママはりっぱな銀《ぎん》のろうそく立《た》てと、特別《とくべつ》な食器《しょっき》をならべて、安息日《あんそくび》の食卓《しょくたく》の準備《じゅんび》をしています。レオはパパといっしょに、レールを組《く》み立《た》てました。そのあと週末《しゅうまつ》はずっと、レオは列車《れっしゃ》のおもちゃで遊《あそ》んだのです。遊《あそ》んでいるあいだは、戦争《せんそう》について考《かんが》えないですみました。たぶん、それがいちばんありがたいことでした……。

ぶるっとふるえて、ママのほうへすりよると、ママは腕《うで》をレオの体《からだ》にまわします。

「壁《かべ》の言葉《ことば》は、どんな意味《いみ》なの？」レオは小声《こごえ》できます。

ママはレオといっしょに、その文字《もじ》を見《み》つめました。

「勇断《ゆうだん》、っていうのは勇気《ゆうき》をもって決《き》めること。この議場《ぎじょう》では、市長《しちょう》や裁判官《さいばんかん》が大事《だいじ》な決《けつ》断《だん》をしなければならないの。あの文章《ぶんしょう》は、そういったひとたちへの忠告《ちゅうこく》みたいなもの。決《けつ》断《だん》は、勇気《ゆうき》からおこなわれなくてはならない。不安《ふあん》だからという理由《りゆう》で、決断《けつだん》をしちゃいけないっていう意味《いみ》なのよ」

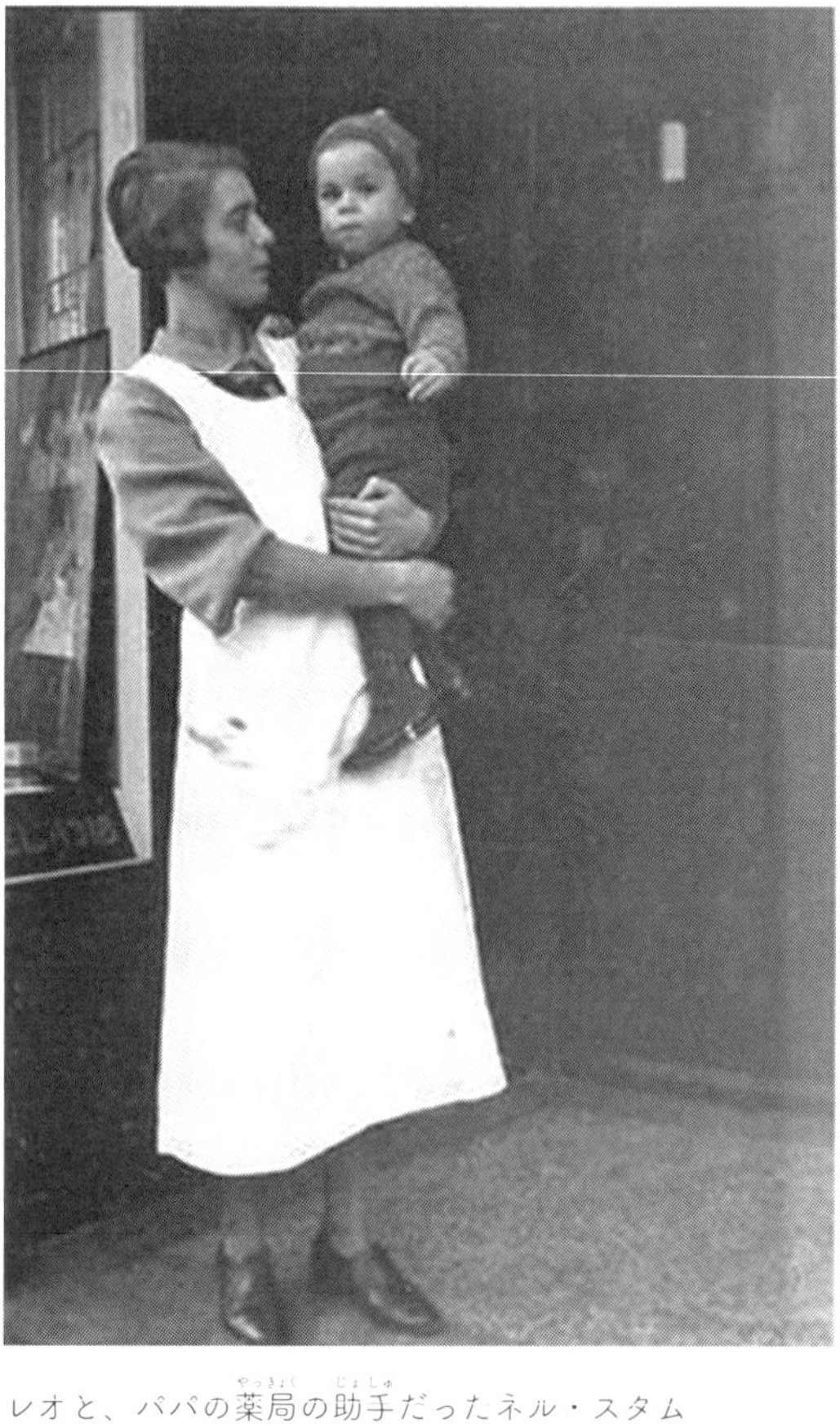

レオと、パパの薬局《やっきょく》の助手《じょしゅ》だったネル・スタム

天《てん》の星《ほし》

パパはレオをやさしくゆすって起《お》こすと、ママとレオにいいました。

「ロット、レオ、さあ行《い》こう」

さあ行《い》こう？　レオは両目《りょうめ》をこすりながら、背《せ》すじをのばしてすわります。

ここはどこ？

レオはあたりを見《み》まわし、やっと思《おも》い出《だ》しました。トラックで家《いえ》からつれだされたこと。いやになるほどずっと議場《ぎじょう》にいたこと。するとこんどは、別《べつ》の不安《ふあん》がおしよせてきました。まわりのひとた

1942年《ねん》4月《がつ》29日《にち》から、6歳《さい》以上《いじょう》のすべてのユダヤ人《じん》が、「ユダヤ人《じん》」という文《も》字《じ》の入《はい》った黄色《きいろ》い布《ぬの》の星《ほし》を、身《み》につけなければならなくなった

ちはコートを身《み》につけ、いそいでカバンやトランクをまとめています。起《お》こされたばかりのロサリーは、むくれた顔《かお》で泣《な》いていました。

「いそげ！」と、ドアのよこに立《た》っていた警官《けいかん》がいいました。いらいらしている声《こえ》です。レオは、いすからすべりおりました。

さあ行《い》こう、と、パパはいってた。また家《いえ》にもどれるのかな？

ほんの一瞬《いっしゅん》、きゅうに燃《も》えあがる炎《ほのお》のように、レオの心《こころ》に希望《きぼう》がわきました。でも、ほぼ同《おな》じ瞬間《しゅんかん》に、答《こた》えはもうわかっていました。

ううん、そうじゃない。もし家《いえ》にもどっていいのなら、まわりのひとたちの顔《かお》もちがってるはずだよ。話《はなし》をするときだって、ひきつったようなひそひそ声《ごえ》じゃなくて、うれしそうな声《こえ》になるはずだもの。

レオもコートを着《き》て、リュックサックを背《せ》おいました。パパがレオの肩《かた》に手《て》をかけます。こうして、レオたちみんなは議場《ぎじょう》をはなれ、市庁舎《しちょうしゃ》をあとにしました。

歩道《ほどう》に出《で》ると、レオはパパの手《て》をさぐってにぎります。あたりはまっ暗《くら》です。戦争《せんそう》がはじまってからは、夜《よる》になっても街灯《がいとう》がつくことはなく、家々《いえいえ》からはひとすじの光《ひかり》も外《そと》にもれてきません。夜《よる》、灯《あか》りをつけることはドイツ軍《ぐん》に禁止《きんし》され、「灯火管制《とうかかんせい》」と呼《よ》ばれていました。暗《くら》くしておけば、爆弾《ばくだん》を落《お》としにくる飛行機《ひこうき》が、空路《くうろ》を見《み》つけにくくなるのです。レオもその話《はなし》はきいて知《し》っていましたが、実際《じっさい》に見《み》るのははじめてでした。だって、八時《じ》をすぎたら、だれも外《そと》に出《で》てはいけないのです。だからレオたちがどんな目《め》にあっているか、見《み》るひともいないのです。

市庁舎《しちょうしゃ》のまえには、ライトを消《け》したトラックが一台《だい》とまっていました。エンジンが、モンスターのうなり声《ごえ》みたいな音《おと》を立《た》てています。よこにいる、大《おお》きな銃《じゅう》を持《も》ったこわいひとたちは兵隊《へいたい》でしょうか？　レオには見《み》えません。よく見《み》るには暗《くら》すぎました。レオはきゅうに、ふつうに息《いき》ができなくなり、トラックには二度《にど》と乗《の》りたくないと思《おも》いました。

パパがレオの手《て》をぎゅっとにぎりしめ、「上《うえ》を見《み》てごらん」と、ささやきます。レオは首《くび》をかしげて、空《そら》を見《み》あげました。

「あっ……」月《つき》は出《で》ていませんが、夜空《よぞら》には星《ほし》がいっぱい！　星《ほし》がこんなにたくさんあるなんて、レオは知《し》りませんでした。きらきらまたたく小《ちい》さな星《ほし》たちは、輝《かがや》く線路《せんろ》というより雲《くも》のようです。大《おお》きな明《あか》るい星《ほし》もあります。それはレオのコートについた「星《ほし》」と同《おな》じくらい、黄色《きいろ》い星《ほし》でした。

レオはあいているほうの手《て》で、「星《ほし》」にふれました。ママが洋服《ようふく》ぜんぶにこの「星《ほし》」をぬいつけていたとき、レオははじめて、これはなにかのまちがい、すごいまちがいだと思《おも》いました。それまではずっと、ドイツ人《じん》がユダヤ人《じん》に対《たい》していろんな規則《きそく》を思《おも》いついても、本気《ほんき》だとは思《おも》っていなかったのです。ユダヤ人《じん》はプール、図書館《としょかん》、公園《こうえん》に行《い》ってはいけないとか、自分《じぶん》の薬局《やっきょく》や自転車《じてんしゃ》も持《も》っていてはいけないとか。そんな規則《きそく》は、すぐ終《お》わりになるだろうと考《かんが》えていました。

けれどもあの「星《ほし》」は……ぞっとするような字《じ》で、「ユダヤ人《じん》」とまんなかに書《か》いてあるあの「星《ほし》」は。まるで自分《じぶん》の顔《かお》に、「注意《ちゅうい》　これはきたないもの」と、スタンプをおされたような気分《きぶん》でした。「星《ほし》」がつけられたとき、ドイツ人《じん》は本気《ほんき》なんだと、レオも身《み》にしみてわかりました。ドイツ人《じん》はユダヤ人《じん》を、本当《ほんとう》に差別《さべつ》しているのだと実感《じっかん》したのです。「星《ほし》」を見《み》れば、ドイツ軍《ぐん》の規則《きそく》はレオにも当《あ》てはまることが、だれにでもわかりました。

ジャンヌがはじめて「星《ほし》」を見《み》たとき、どんな顔《かお》をしていたか、レオはよくおぼえていません。学校《がっこう》が終《お》わると、ふたりはおしゃべりするために、家《いえ》のうらにある階段《かいだん》にならんですわりました。五月《がつ》のはじめだというのに、寒《さむ》い日《ひ》でした。それでレオは新《あたら》しく「星《ほし》」をつけた、冬物《ふゆもの》のコートを着《き》ていたのです。

「小学校《しょうがっこう》で、なにか、ばかみたいだと思《おも》うことない？」ジャンヌは、レオの話《はなし》をききたくてたまりません。なにもかも知《し》りたいのです。両目《りょうめ》を大《おお》きくあけて、レオの目《め》をまっすぐ見《み》つめています。

レオは考《かんが》えました。ジャンヌに話《はな》したほうがいいかな？　それともこんな話《はなし》をしたら不安《ふあん》になって、小学校《しょうがっこう》に行《い》きたくなくなるかな？

レオはジャンヌの期待《きたい》に満《み》ちた目《め》を、もう一度《いちど》のぞきこみます。

そのあと「体操《たいそう》」と、いいました。

「体操《たいそう》ってわけがわかんない。ときどき、体育館《たいいくかん》の壁《かべ》のはしごをの

レオは、となりの家《いえ》の女《おんな》の子《こ》ジャンヌと、おしゃべりするのがすきだった

ぼらなくちゃいけないし、こわいんだ」

ジャンヌはほとんど息《いき》をとめて、耳《みみ》をかたむけていました。レオが話《はな》す言葉《ことば》を、ひとつのこらず、おぼえておこうとしているみたいでした。

「上《うえ》にのぼるの？」レオが話《はな》したことを確認《かくにん》しようと、ジャンヌはききます。身《み》をのりだしながら。「そのはしご、天井《てんじょう》までつづいてるの？　上《うえ》まで行《い》ったら、天井《てんじょう》にさわれるの？」

だったら、あたし、やってみたい。遠《とお》くからながめられない？　体操《たいそう》する部屋《へや》に窓《まど》はないの？　ここに海《うみ》が見《み》える塔《とう》があったらいいのに……そしたらあたし、パパにとめられるまえに、大《おお》いそぎでのぼっちゃうんだけど……」

つっかえたりせず、ジャンヌの言葉《ことば》はどんどんつづきます。

じつのところ、ジャンヌはまだ小《ちい》さいのです。五歳《さい》になったばかり。レオはジャンヌとおしゃべりすると、いい気分《きぶん》になりました。ジャンヌの家《いえ》にいると、自分《じぶん》の家《いえ》にいるときとくらべて、戦争《せんそう》もそんなに差《さ》しせまった、大変《たいへん》なものには思《おも》えません。なぜならジャンヌの一家《いっか》はユダヤ人《じん》ではなく、キリスト教《きょう》を信《しん》じるひとたちだったからです。レオはジャンヌと、まったく別《べつ》の話《はなし》、ふつうの話《はなし》ができました。戦争《せんそう》なんてないふりもできました。

塔《とう》の話《はなし》をしているとちゅうで、ジャンヌがとつぜん言葉《ことば》を切《き》りました。「星《ほし》」に、気《き》がついたのです。さぐるような大《おお》きな目《め》で、ジャンヌは視線《しせん》を「星《ほし》」から、レオの顔《かお》のほうへうつします。そして「ユダヤ人《じん》」という文字《もじ》の上《うえ》に、人差《ひとさ》し指《ゆび》をすべらせました。ジャンヌが字《じ》が読《よ》めないことを、こんなにうれしく思《おも》ったのは、はじめてでした。

「これはなあに？　どうして、こんなのつけてるの、レオ？」

レオは、のどがつまりました。ジャンヌはレオを、信頼《しんらい》に満《み》ちた目《め》で見《み》つめています。

レオはいつでもなんでも、ジャンヌに説明《せつめい》できたし、説明《せつめい》するのは楽《たの》しいことでした。まるで自分《じぶん》がすこし、ジャンヌのお兄《にい》ちゃんになったような気分《きぶん》がして。でもこれだけは、ジャンヌに話《はな》すことができません。レオは、ごくんとつばを飲《の》みました。

「きみのママにきいて」レオはそう答《こた》えたのでした。

レオたちは、またトラックに乗《の》らなくてはいけません。荷台《にだい》は、外《そと》よりもっと暗《くら》い場所《ばしょ》です。なかではもう星《ほし》も見《み》えません。レオの一家《いっか》は体《からだ》をよせあってすわりました。リュクサックを背《せ》おったままのレオは、ママのトランクがひざに当《あ》たるのを感《かん》じます。トラックが急停車《きゅうていしゃ》すると、だれかが悲鳴《ひめい》をあげました。そして、赤《あか》ちゃんのひとりが、すごいいきおいで泣《な》きだしました。

列《れっ》車《しゃ》

レオはなんども、ズワインドレヒトの駅《えき》へ行《い》ったことがありました。旅《たび》に出《で》るためではなく、列車《れっしゃ》を見《み》るために。去年《きょねん》の聖《せい》ニコラス祭《さい》のすぐあとも、そうでした。

「りっぱな列車《れっしゃ》をもらったわねえ。駅《えき》にも、こんなにすてきな列車《れっしゃ》がくるかどうか、ふたりで見《み》にいかない？」と、ネルにいわれたのです。

放課後《ほうかご》、ネルは自転車《じてんしゃ》を引《ひ》いて、レオが出《で》てくるのを待《ま》っていました。レオがうしろにすわると、ネルは自転車《じてんしゃ》を走《はし》らせ、土手《どて》の道《みち》を通《とお》って駅《えき》へむかいました。わくわくしているレオは、おなかのなかがくすぐったい感《かん》じ。駅《えき》にはすぐ着《つ》いてしまうけれど、見物《けんぶつ》に行《い》くのは、そのぐらい楽《たの》しいことだったのです！

ママは、あまり出《で》かけたがりません。外《そと》へ出《で》るのは、どうしても必要《ひつよう》なときだけ。レオにも理由《りゆう》がわかっています。ママはドイツ兵《へい》がこわいのです。去年《きょねん》、「星《ほし》」をつけるまでは、レオだってよくわかっていませんでした。パパとママは、レオがいやな話《はなし》をきかないですむよう、できるだけがんばっていて、以前《いぜん》はそれがまだうまくいっていたのでした。

駅《えき》の構内《こうない》に入《はい》ると、ネルはまっすぐ切符売《きっぷう》り場《ば》へ歩《ある》いていきます。レオはどきどきしました。どうするつもりかな？　ぼくたち、駅《えき》を見《み》にきただけなのに？　でも、ネルは、切《きっ》符《ぷ》を買《か》おうとしてるよね？

切符売《きっぷう》り場《ば》のまえにはもうひとり、ひとがいたので、レオはネルのそでを引《ひ》っぱってきました。

「列車《れっしゃ》に乗《の》るの？」

ネルはにこにこしながら、ひじでレオをつつきました。

「ちがうわよ、おばかさんね。入場券《にゅうじょうけん》を二枚《まい》買《か》うだけ。そしたらわたしたち、列車《れっしゃ》をすぐ近《ちか》くから見《み》られるでしょ？」

買《か》った切符《きっぷ》は、レオが自分《じぶん》で駅員《えきいん》にわたしてもいいと、いってくれました。

駅員《えきいん》は、きまじめにその切符《きっぷ》を見《み》つめてうなずくと、切符切《きっぷき》りでパチンとまるい穴《あな》をあけました。

「楽《たの》しんできてください！」

ふたりがホームにちょうど立《た》ったときに、蒸気機関車《じょうききかんしゃ》が駅《えき》のなかに入《はい》ってきました。にぎやかな音《おと》がだんだんゆっくりになって、機関車《きかんしゃ》はとまりました。なんて大《おお》きいのでしょう！ 煙突《えんとつ》からは、もくもくけむりが出《で》ています。

車掌《しゃしょう》が車両《しゃりょう》のとびらをあけると、紳士《しんし》がひとり、おりてきました。紳士《しんし》は、帽子《ぼうし》をちょっと持《も》ちあげて、列車《れっしゃ》に乗《の》りこむひとにあいさつしています。車掌《しゃしょう》はとびらをまたしめると、ほかの車両《しゃりょう》へむかい、とびらのあけしめをつづけています。レオはそのあとを、すこしついていきます。

「見《み》て、ネールチェ。この車両《しゃりょう》、ぼくの列車《れっしゃ》にそっくりだ。ここに二等車《とうしゃ》があって、三等《とう》車《しゃ》もあるよ」

車掌《しゃしょう》はふりかえると、レオに笑顔《えがお》をむけました。

「このつぎは列車《れっしゃ》で行《い》けるだろうよ。ロッテルダムは、そんなに遠《とお》くないんだ。行《い》ってもいいか、お母《かあ》さんにきいてごらん」

「わたしはこの子《こ》の母親《ははおや》じゃないんです」ネルはあわてて首《くび》をふると、レオの手《て》を引《ひ》っぱりました。「家《いえ》に帰《かえ》る時間《じかん》よ、レオ」

「ぼくは、いい考《かんが》えだと思《おも》ったけど」と、レオは帰《かえ》り道《みち》にいいました。「どうして、ぼくたち、一度《いちど》もロッテルダムに行《い》ったことがないの？　ただ往復《おうふく》するだけだよ？」

立《た》ちどまったネルは、きゅうに体《からだ》が小《ちい》さくなったように見《み》えました。

「それはね、レオ、ユダヤ人《じん》は列車《れっしゃ》に乗《の》ってはいけないからなの」


いま、また駅《えき》に入《はい》っていくレオは、ネルといっしょではありません。ネルとはちがって、レオはユダヤ人《じん》でした。駅舎《えきしゃ》は暗《くら》いし、切符《きっぷ》売《う》り場《ば》もしまっています。ユダヤ人《じん》の家族《かぞく》たちは、身《み》をしっかりとよせあって駅《えき》に入《はい》りました。まるで、おたがいを守《まも》ろうとするように。パパとママが、レオの手《て》を片方《かたほう》ずつにぎっています。レオは自分《じぶん》のほほを、パパの服《ふく》のそでにこすりつけました。兵隊《へいたい》たちは無言《むごん》のまま、みんなを先《さき》に進《すす》ませます。

これからどうなるんだろう？　暗《くら》い時間《じかん》なら、ユダヤ人《じん》も列車《れっしゃ》に乗《の》っていいのかな？

みんなは駅舎《えきしゃ》のもうひとつのドアを通《とお》って、外《そと》にあるホームへ出《で》ました。今日《きょう》は切符《きっぷ》を切《き》るひともいません。

列車《れっしゃ》の準備《じゅんび》ができていました。黒《くろ》っぽい、にごった色《いろ》の列車《れっしゃ》です。シューシューと音《おと》を立《た》てていました。車両《しゃりょう》はひとつしかなく、窓《まど》がないし、灯《あか》りもついていません。貨物用《かもつよう》の車両《しゃりょう》だから、レオたちが乗《の》る列車《れっしゃ》ではないはずです。レオはまわりを見《み》まわしました。

座席《ざせき》のついた列車《れっしゃ》が、もう一台《だい》くるのかな？

ドイツ兵《へい》が、貨車《かしゃ》のとびらをよこにずらしてあけました。ガラガラッと荒《あら》っぽい音《おと》がひびきます。

「アインシュタイゲン（乗車《じょうしゃ》）！」

ドイツ兵《へい》はどなりました。さけんだり、大《おお》きな音《おと》を立《た》てたりしても、別《べつ》にかまわないようです。町《まち》のだれにもきこえないのでしょうか？

レオはおなかの石《いし》が、きゅうにひどく重《おも》くなるのを感《かん》じました。兵隊《へいたい》の言葉《ことば》はわかりませんが、理解《りかい》できたように思《おも》えました。

あの貨車《かしゃ》に乗《の》らなくちゃいけない。ほかの列車《れっしゃ》はこないんだ。

グループの先頭《せんとう》のひとたちが、最初《さいしょ》に貨車《かしゃ》に乗《の》りこみました。やっぱり思《おも》ったとおりです。レオのよこでは、ママが立《た》ちつくしています。

「だめよ、こんなのはいや」と、ママは小《ち》さな声《こえ》でいいました。

ほんとにそうなのです。ママは暗《くら》やみがこわいのです。レオは、ママがいつその話《はなし》をしてくれたか、はっきりおぼえていました。まだうんと小《ち》さかったときでした。というのも、灯火管制《とうかかんせい》などなかったころですから。真夜中《まよなか》、目《め》をさましたとき、レオは見《み》てしまったのです……洋服《ようふく》たんすの上《うえ》にいる、大《おお》きなおそろしい動物《どうぶつ》を。ふりそそぐ月《つき》の光《ひかり》のなかで、その歯《は》がぎらぎらと光《ひか》って見《み》えました。

すごく用心《ようじん》しながら、レオはベッドからすべりおり、パパとママの寝室《しんしつ》へ行《い》きました。ママの手《て》を引《ひ》っぱると、ママはすぐについてきてくれました。レオの部屋《へや》でママが灯《あか》りをつけると、たんすの上《うえ》で歯《は》をぎらぎらさせている動物《どうぶつ》なんかいないし、箱《はこ》の山《やま》があるだけだとレオにもわかりました。

レオをベッドに入《い》れながら、ママはいいました。

「だれにもいっちゃだめだけど……わたしも暗《くら》やみがこわいの。なにもかも、ちがって見《み》えるでしょ」

それで、家《いえ》の廊下《ろうか》には、いつも小《ちい》さな灯《あか》りがつけてあったのです。

「ロット、おいで」

パパはいい、ママが貨車《かしゃ》に入《はい》るのを手伝《てつだ》うと、そのあとでレオに手《て》をさしだしました。トラックに乗《の》ったときと同《おな》じように。レオは貨車《かしゃ》のなかに入《はい》りました。

「ここにきて、すわりなよ」そういったのは、ひとりの青年《せいねん》です。レオのよく知《し》っている洋服《ようふく》の仕立《した》て屋《や》さんでした。名前《なまえ》はヘルマン。レオのパパと同《おな》じ名前《なまえ》です。ヘルマンはレオを守《まも》るように、レオの肩《かた》に自分《じぶん》の腕《うで》をかけ、「若者同士《わかものどうし》、いっしょにいよう」と、いってくれました。

貨車《かしゃ》のなかは寒《さむ》いうえ、おしりの下《した》もかたい床《ゆか》でした。汽笛《きてき》が鳴《な》り、列車《れっしゃ》は出発《しゅっぱつ》します。

レオたちは、どこへ行《い》くのでしょう？

どのくらい乗《の》っていたか、レオにはさっぱりわかりません。

三十分《ぷん》？　一時間《じかん》？

すると列車《れっしゃ》がとまりました。それも、ものすごく長《なが》いあいだ。

レオのおしりはだんだん痛《いた》くなり、ひざもこわばってきました。体《からだ》をのばそうとしても、うまくいきません。

「おしりが木《き》になったみたいだろ？」と、ヘルマンがレオにささやきます。

ヘルマンの姿《すがた》は見《み》えませんが、レオは、うん、とうなずきます。もし、おしりがほんとに木《き》でできていたら、こんなにつらくないのに、と思《おも》いながら。

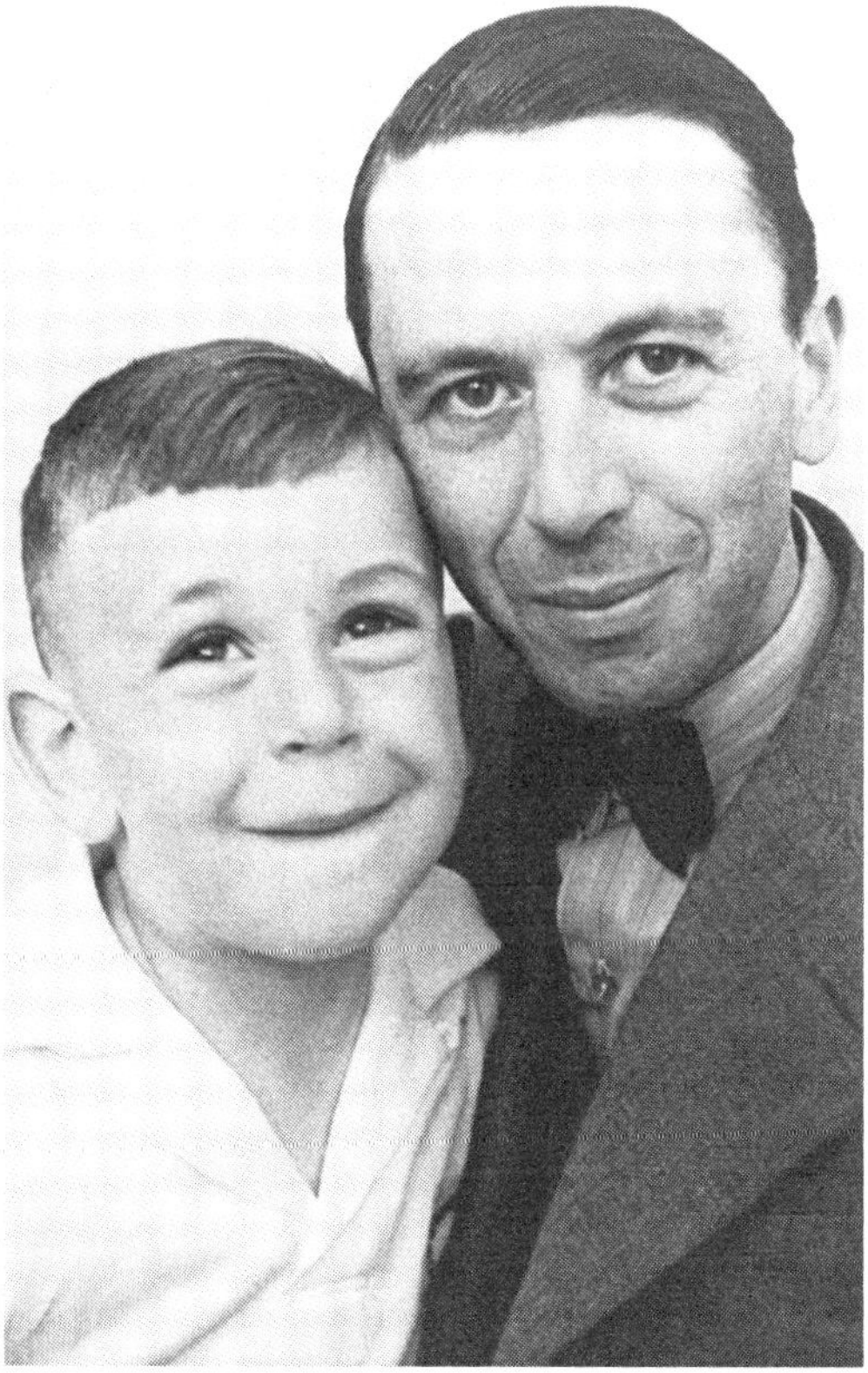

レオとパパ

旅《たび》の終《お》わり？

列車《れっしゃ》はスピードを落《お》とし、ギギーーッ、キーッと音《おと》を立《た》ててとまりました。貨車《かしゃ》のなかのだれも口《くち》をひらきませんが、レオは空気《くうき》が張《は》りつめているのを感《かん》じました。

なにが起《お》こるんだろう？　すこし待《ま》ったあと、先《さき》にむかうのかな？　それともまた別《べつ》の車両《しゃりょう》が連結《れんけつ》されるのかな？

すると、とびらがガラガラッとあき、冷《つめ》たい冬《ふゆ》の、新鮮《しんせん》でぴりぴりする空気《くうき》が入《はい》ってきました。とびらのあいたところに兵隊《へいたい》がひとりあらわれます。まえと同《おな》じ兵隊《へいたい》、それとも別《べつ》の兵隊《へいたい》でしょうか？　ヘルメットと軍服《ぐんぷく》のせいで、どの兵隊《へいたい》も同《おな》じに見《み》えました。

「ラウス（出《で》ろ）！」

どんな意味《いみ》かは、頭《あたま》をなやませなくてもわかりました。外《そと》に出《で》られるのです。よかった！　レオは最初《さいしょ》に立《た》ちあがりましたが、大人《おとな》たちは立《た》つのにすごく苦労《くろう》していました。

この移動《いどう》のせいで、体《からだ》がかたくなっていたからです。

「レオ？」ママはレオの手《て》を取《と》り、自分《じぶん》のほうへ引《ひ》きよせました。ひとり、またひとりと、貨車《かしゃ》から外《そと》へと飛《と》びおります。兵隊《へいたい》は身《み》ぶりで、早《はや》くしろと、せかしています。

「シュネル（いそげ）！」

つぎはパパの番《ばん》。ママがつづき、そのあとがレオの番《ばん》です。みんな、まだ暗《くら》いホームに立《た》ちました。夜《よる》がこんなに長《なが》くつづくものだと、レオは知《し》りませんでした。昨夜《さくや》、ズワインドレヒトを出発《しゅっぱつ》したのも、暗《くら》やみのなかでした。

「ラウフェン（走《はし》れ）！」

兵隊《へいたい》が、持《も》っている銃《じゅう》で行《い》き先《さき》をしめします。レオがうしろをふりかえると、列車《れっしゃ》は出発《しゅっ》したときよりずっと長《なが》くなっていました。とまるたびに、別《べつ》の貨車《かしゃ》が連結《れんけつ》されたからでしょう。どの貨車《かしゃ》からもひとがおりてきます。男《おとこ》のひと、女《おんな》のひと、子《こ》どもたちが、それぞれカバンやトランク、リュックサックを持《も》って。いろんな形《かたち》の帽子《ぼうし》やスカーフをかぶり、みんな思《おも》いつめた青白《あおじろ》い顔《かお》をしています。ユダヤ人《じん》だと、ひと目《め》でわかるのは、だれもが上着《うわぎ》に、「星《ほし》」をつけているからでした。そんなひとたちの集《あつ》まりが大行列《だいぎょうれつ》になって、ゆっくりと動《うご》きはじめました。

レオはまた、パパとママのあいだにはさまれます。ふたりは最初《さいしょ》、足《あし》をひきずっていましたが、しばらく進《すす》むうち、だんだんふつうに歩《ある》けるようになってきました。

レオたちがいるのは、町《まち》の駅《えき》より大《おお》きな駅《えき》でした。大行列《だいぎょうれつ》は階段《かいだん》をひとつのぼると、左《ひだり》に曲《ま》がります。こうして列車《れっしゃ》からおりたユダヤ人全員《じんぜんいん》が、駅《えき》のホールを通《とお》っていきました。レオがいままでおとずれたなかで、いちばん背《せ》が高《たか》かったのはドルドレヒトのシナゴーグ*でしたが、その駅《えき》はそれよりずっと天井《てんじょう》の高《たか》い建物《たてもの》でした。

ここでは、体《からだ》がいちばん大《おお》きなひとでさえ、小《ちい》さく見《み》えます。シナゴーグはお祝《いわ》いの光《ひかり》であふれていたのに、ここは真《ま》っ暗《くら》にならないように、灯《あか》りがひとつあるだけでした。

「ぼくたちはどこにいるの、パパ？」レオはパパの手《て》を、またぎゅっとにぎります。このあいだまで、手《て》をにぎるのは子《こ》どもっぽいと感《かん》じていましたが、いまはそう思《おも》いません。いまは、なにもかもちがっていました。

「ここはアムステルダム中央駅《ちゅうおうえき》だよ、レオ」パパはやさしくいいました。

アムステルダム！　レオがアムステルダムにくるのは、はじめてでした。

ジャンヌに教《おし》えてあげなくちゃ！　よく気《き》をつけて見《み》ておこう、そうすればぜんぶ終《お》わって家《いえ》に帰《かえ》ったとき、ジャンヌにいろいろ話《はなし》ができるもの。

でも、それはいつになるのでしょう？

どこを歩《ある》くのか、自分《じぶん》で決《き》める必要《ひつよう》はありません。この行列《ぎょうれつ》についていくだけ。行列《ぎょうれつ》は駅《えき》をはなれ、大《おお》きな広場《ひろば》に出《で》ました。広場《ひろば》では、武装《ぶそう》した警官《けいかん》たちが行列《ぎょうれつ》を待《ま》っていました。制服《せいふく》が黒《くろ》いのは、夜《よる》、めだたないようにするためでしょうか？

そこからは道《みち》を指示《しじ》する警官《けいかん》が、行列《ぎょうれつ》の両側《りょうがわ》についてきます。無言《むごん》のままです。レオは、警官《けいかん》は自分《じぶん》を守《まも》ってくれるものだと、いつも思《おも》っていました。でも、警官《けいかん》たちのすることはちがっていて……ドイツ軍《ぐん》を助《たす》け、行列《ぎょうれつ》するユダヤ人《じん》の見張《みは》りをしています。ユダヤ人《じん》を逃《に》がしてはいけないからです。

声《こえ》を立《た》てずに進《すす》む行列《ぎょうれつ》は、左《ひだり》のほうへゆれました。レオは注意深《ちゅういぶか》くあたりを見《み》まわします。暗《くら》さは、列車《れっしゃ》に乗《の》るまえの町《まち》の様子《ようす》と変《か》わりがありません。右側《みぎがわ》には背《せ》の高《たか》い家《いえ》がたちならび、黒《くろ》い窓《まど》はしまっていました。ここでも、もちろん「灯火管制《とうかかんせい》」をしているのです。レオにはわかっていましたが、それでもいやな感《かん》じがしました。ここに住《す》むひとたち

＊ユダヤ教《きょう》の会堂《かいどう》のこと。ユダヤ教会《きょうかい》と呼《よ》ばれることもある

は、通《とお》りすぎるユダヤ人《じん》を見《み》たくないんだ――そんなふうに感《かん》じました。

黒《くろ》い窓《まど》のむこうでは、父親《ちちおや》、母親《ははおや》、子《こ》どもたちが眠《ねむ》っていて、もしかするとレオと同《おな》じ年《とし》ごろの男《おとこ》の子《こ》もいるかもしれません。その子《こ》たちは、ベッドで気持《きも》ちよく寝返《ねがえ》りを打《う》ちながら、あと三週間《しゅうかん》したらやってくる聖《せい》ニコラスの夢《ゆめ》を見《み》ているのでしょう。「星《ほし》」もつけていないし、今日《きょう》はいつもと変《か》わらない日《ひ》です。おおぜいのユダヤ人《じん》の行列《ぎょうれつ》が、通《とお》りすぎていくのを知《し》りません。ほとんどだれも知《し》らないこと。見《み》るひとはいません。

このユダヤ人《じん》の行列《ぎょうれつ》は、世界《せかい》じゅうから見《み》えなくなってしまったのです。きのうまで、レオだって、八時《じ》すぎにはだれも外《そと》の通《とお》りにいないと思《おも》っていました。ドイツ軍《ぐん》に命令《めいれい》されて、家《いえ》のなかにいなくちゃいけないんだって。でも、それはほんとのこととは、ぜんぜんちがっていました。夜《よる》おそく、ユダヤ人《じん》たちが村《むら》や町《まち》から消《き》え、だれもその話《はなし》をしないだけなのです。

どのくらい歩《ある》いたでしょう？　いま何時《なんじ》か、レオには見当《けんとう》もつきません。体《からだ》はくたくたで、足《あし》が痛《いた》みました。自分《じぶん》のベッドにもぐりこめたら、どんなにいいか。

「ぼくたち、どこへ行《い》くの、パパ？」

パパは、レオの手《て》をぎゅっとにぎり、「もうすぐわかるよ」といいました。しんとした町《まち》のなか、行列《ぎょうれつ》は車道《しゃどう》のまんなかをよこぎり、通《とお》りを何本《なんぼん》もぬけていきました。そしてとうとう、飾《かざ》り柱《ばしら》がある、りっぱな白《しろ》い建物《たてもの》のまえでとまりました。はなやかな感《かん》じのする、堂々《どうどう》とした建物《たてもの》です。

「オランダ劇場《げきじょう》だ」レオのうしろにいたひとが、ささやきました。

劇場《げきじょう》、というのは、芝居《しばい》を楽《たの》しみにいくところ。すばらしい舞台装置《ぶたいそうち》のまえで、役者《やくしゃ》が物語《ものがたり》を演《えん》じるところです。舞台《ぶたい》には照明《しょうめい》が当《あ》てられて、ホールはうす暗《ぐら》くなっています。一度《いちど》、劇場《げきじょう》に行《い》ったことのあるネルが、レオに話《はな》してくれました。

でも、ここでレオたちはなにをするんでしょう？　ユダヤ人《じん》は劇場《げきじょう》に行《い》くのを禁《きん》じられているのに？

レオだって、いままでは劇場《げきじょう》に入ってみたかったのです。ロッテルダムへの短《みじか》い旅《たび》であっても、列車《れっしゃ》に乗《の》りたくてたまらなかったのと同じように。今日《きょう》はじめてなかに入《はい》れるのに、レオはまた、なんだかいやな感《かん》じがしています。すごくいやな感《かん》じ。劇場《げきじょう》は楽《たの》しいところだと思《おも》っていたけれど、いまはちがいます。真夜中《まよなか》に役者《やくしゃ》がいるはずありません。

レオたちはなにか別《べつ》の理由《りゆう》で、ここにつれてこられたのです。

劇《げき》場《じょう》

行列《ぎょうれつ》は、劇場《げきじょう》に飲《の》みこまれていきます。列《れつ》はだんだん短《みじか》くなり、レオにも入《い》り口《ぐち》のドアが見《み》えてきました。ドアはあいていましたが、まえにカーテンがかかっています。きっと、なかの光《ひかり》が外《そと》にもれないようにするためです。そうしておかないと、ドイツ軍《ぐん》が怒《おこ》りだすのでしょう。行列《ぎょうれつ》にいたひとが、ひとりずつカーテンの奥《おく》に入《はい》っていきます。順番《じゅんばん》は早《はや》く進《すす》み、パパとママとレオの番《ばん》がだんだん近《ちか》づいてきました。

ときどきカーテンの内側《うちがわ》に、ひとを引《ひ》っぱりこむ手《て》が見《み》えます。けさから、レオのおなかのなかにある石《いし》が、きゅうに大《おお》きく重《おも》たくなりました。知《し》らないことがあるたび、今日《きょう》はもうなんどかそうなっていたのです。まるでたんすの上《うえ》に、あの大《おお》きなおそろしい動物《どうぶつ》がいたときのよう。ただ、いまはだれも、あれはただの箱《はこ》だとはいってはくれません。

パパはレオとママをそばに引《ひ》きよせ、三人《にん》そろってカーテンをくぐりました。レオたちを引《ひ》っぱってなかに入《い》れたのは、女《おんな》のひとの手《て》でした。親切《しんせつ》そうな顔《かお》のひとで、服《ふく》には「星《ほし》」をつけていました。

「いそいで入《はい》って。ホールはあちらです。心配《しんぱい》だわ、マットレスがもうないかもしれない。席《せき》を見《み》つけて、眠《ねむ》るようにしてください」

そういって、女《おんな》のひとは三人《にん》の背中《せなか》を軽《かる》くおしました。

このオランダ劇場《げきじょう》から、ユダヤ人《じん》はヴェステルボルク収容所《しゅうようじょ》につれていかれた。いまは追悼《ついとう》の場《ば》、記念碑《きねんひ》としてつかわれている

ホール？　マットレス？　レオも眠《ねむ》れるものなら、眠《ねむ》りたいのです。自分《じぶん》がどんなにくたびれているか、きゅうに気《き》がつきました。こんなに長時間《ちょうじかん》、つづけて起《お》きていたことはありません。議場《ぎじょう》や列車《れっしゃ》のなかで、あいまあいまに、すこし眠《ねむ》っただけでした。

行列《ぎょうれつ》は流《なが》れのように進《すす》み、劇場《げきじょう》の廊下《ろうか》の先《さき》まで広《ひろ》がっています。見《み》わたすかぎり、ひとがいました。廊下《ろうか》に敷《し》いたマットレスの上《うえ》でよこになったり、階段《かいだん》にすわっていたり。ほとんど歩《ある》けないぐらいの人《ひと》ごみです。

パパとママとレオは、列車《れっしゃ》ごっこのように一列《れつ》にならびました。おおぜいのあいだをぬって、パパがふたりを、劇場《げきじょう》ホールのほうへ引《ひ》っぱっていきます。

ホールの入《い》り口《ぐち》で、パパはさぐるようにあたりを見《み》まわしました。うす暗《ぐら》い光《ひかり》のなか、ホールはぎゅうづめでした。まえは舞台《ぶたい》にむかって何列《なんれつ》にもならんでいた座席《ざせき》が、いまはよこのほうにおかれたり、むかいあわせになったりしています。

いろんな姿勢《しせい》で眠《ねむ》ろうとしているひとたちがいました。洋服《ようふく》をふつうに着《き》たままで。つばのついた帽子《ぼうし》を顔《かお》の上《うえ》にのせていたり、ハンカチや腕《うで》で、顔《かお》をおおっていたり。ホールのまんなかにはマットレスが何枚《なんまい》か敷《し》いてあり、そこでも何人《なんにん》かが眠《ねむ》っていました。でも、あたりはしんとしていません。ホールを出入《ではい》りするひともいれば、目《め》をさまして、話《はな》をしているひともいるのです。泣《な》いている子《こ》どもだっています。廊下《ろうか》を歩《ある》く音《おと》、足《あし》を引《ひ》きずっていく音《おと》もきこえます。汗《あせ》のにおいがする、よどんでむっとした空気《くうき》に、レオは息《いき》ができないぐらいでした。

「あそこにまだひとつ、いすがある」と、パパがいいます。「ロットはそこにすわればいい、レオをひざにのせて。私《わたし》はふたりのまえの床《ゆか》にすわろう」

マットレスのあいだをぬけ、三人《にん》はいすのところまでたどりつきました。ママが腰《こし》をおろし、レオをひざにのせます。「眠《ねむ》ってみて、レオ」と、ママはいいます。

レオは、頭《あたま》をママの肩《かた》にのせましたが、目《め》がさえたままでした。ママのひざにのせてもらうには、もう大《おお》きすぎるのです。なんだかぎこちなくて、あちこちはみだす感《かん》じ。こんなかっこうじゃ、とても眠《ねむ》れません。

レオはむかい側《がわ》のいすにすわるひとたちを見《み》ていて、ひとり、レオのおじいちゃんに似《に》たお年《とし》よりがいるのに気《き》がつきました。

おじいちゃん！　おばあちゃん！

レオは、びくんと起《お》きあがりました。ふたりもユダヤ人《じん》です。だったら、ここにいるんでしょうか？　レオは自分《じぶん》の知《し》っている顔《かお》を探《さが》そうと、眠《ねむ》そうなひとたちの顔《かお》を見《み》わたしました。

「どうしたの、レオ？」ママがたずねます。

「おじいちゃんとおばあちゃんは、どこ？　どうなったの？　ふたりもここにきてるの？」

レオは、ママのひざからすべりおりました。

パパが、一瞬《いっしゅん》、ママの目《め》を見《み》つめました。それからパパはいいました。

「ふたりがどこにいるのかは、わからない。あしたの朝《あさ》、探《さが》しにいこう。いまはまず眠《ねむ》っておくんだ」


レオは眠《ねむ》ろうとしましたが、またなんども、びくっと起《お》きてしまいました。何時間《なんじかん》かすると、もう朝《あさ》でした。目《め》も頭《あたま》も、ずきずきします。ぎこちないかっこうで寝《ね》たせいで、体《からだ》もあちこち痛《いた》みました。

パパは心配《しんぱい》そうな顔《かお》でレオを見《み》ると、ママに目《め》をやりました。

「もし、もうひと晩《ばん》ここにいなくちゃいけないなら、レオとママは、なんとかあのマットレスで眠《ねむ》れるようにしよう」

もうひと晩《ばん》!?　そんなの、ぜったいいやだ！　でも……ここにいるんじゃなかったら、どこへ行《い》くんだろう？

あたりは、ひといきれでむっとしているのに、レオは背中《せなか》がぞくっとしました。家《いえ》を出《で》てから、状況《じょうきょう》は悪《わる》くなるばかりでした。

ホールのなかは、いそがしくなってきました。マットレスはかたづけられ、舞台《ぶたい》の幕《まく》の奥《おく》へ放《ほう》りこまれます。ひとびとは夢中《むちゅう》で話《はな》しあい、子《こ》どもたちは走《はし》りまわっています。だれかがどこかで、ハーモニカを吹《ふ》いていました。

「ほら」と、ママが最後《さいご》のサンドイッチを、バッグから取《と》りだしました。パンはぺたんこで、チーズもびちゃびちゃ。レオは首《くび》をよこにふりました。おなかのなかの石《いし》のせいで、家《いえ》を出《で》てから、なにも口《くち》に入《い》れていないのです。

「なにか食《た》べないと。さあ、ママのためにお願《ねが》い」手《て》に持《も》ったサンドイッチを、ママはレオの鼻先《はなさき》に差《さ》しだしました。がんばって、というように。

レオはいやいやながら、ひとくち食《た》べました。口《くち》のなかはからからでした。なにか飲《の》む物《もの》があるといいのに。

舞台《ぶたい》では、何人《なんにん》かの男《おとこ》のひとたちが机《つくえ》にむかってすわり、書類《しょるい》をめくっています。

パパはそれにすぐ気《き》がつきました。

「ここにいてもらえるかい？　なにかできないか、様子《ようす》を見《み》てくる」

そして、パパはいそいで歩《ある》きだしました。動《うご》きはじめたのはパパだけではありませんが、パパは行列《ぎょうれつ》のずいぶんまえに入《はい》れました。それでも、だいぶ時間《じかん》がかかります。レオはおしっこがしたくなりました。

「ママもいっしょに行《い》くわ。トイレをすませたら、休憩室《きゅうけいしつ》にお茶《ちゃ》を一杯《ぱい》、もらいにいきましょう。レオも、のどがかわくでしょ」

ふたりでいっしょにホールをはなれ、廊下《ろうか》に出《で》ました。むかわなければならない行《い》き先《さき》があるような足取《あしど》りで、おおぜいのひとが廊下《ろうか》を歩《ある》いています。足《あし》を引《ひ》きずって歩《ある》く音《おと》や、わいわいがやがやいう声《こえ》でいっぱいです。レオはとつぜん、自分《じぶん》の家《いえ》のうらにある広場《ひろば》のことを思《おも》い出《だ》しました。大《おお》きくてがらんとした、風《かぜ》の強《つよ》い広場《ひろば》です。

あそこにいられたらなあ。

レオが目《め》をとじると、川《かわ》のにおいもよみがえってきました。

「トイレはそこよ」ママはレオの手《て》を引《ひ》いていきます。

お茶《ちゃ》を飲《の》んで、ホールにもどると、パパもさっきの場所《ばしょ》にもどっていました。

「私《わたし》は、ヴェステルボルクの薬剤師《やくざいし》に志願《しがん》したよ。あそこにはいい病院《びょういん》がある。きっと薬《やく》剤師《ざいし》をひとりくらい、つかってくれるだろう」

パパはレオとママにむかって、明《あか》るい表情《ひょうじょう》でうなずきました。

「あのひとたちが、あとはやってくれる。うまくいくさ」

「パパ、ヴェステルボルクって……なに？」

パパとママは顔《かお》を見合《みあ》わせ、言葉《ことば》を探《さが》しています。ママが先《さき》に口《くち》をひらきました。

「ドイツからオランダに逃《に》げてきたユダヤ人《じん》の、難民《なんみん》キャンプだったところなの。でもいまは、オランダじゅうのユダヤ人《じん》の収容所《しゅうようじょ》なのよ」

家《いえ》のうらの広場《ひろば》にいるレオ

キャンプ。まるで森《もり》のなかに泊《と》まりにいくみたいにきこえます。レオは目《め》のまえに、テントや楽《たの》しい旗《はた》の立《た》つキャンプ場《じょう》を、思《おも》いうかべました。

これからぼくたち、テントに住《す》むのかな？　レオは、思《おも》いきってきくことができません。舞台《ぶたい》からマイクの声《こえ》がひびき、ひとり、またひとりと名前《なまえ》が呼《よ》ばれています。それが自分《じぶん》の名前《なまえ》だったら、舞台《ぶたい》に行《い》かなくてはいけません。これからどこへ行《い》くのか、そこできかされるようでした。

男《おとこ》のひとも女《おんな》のひともレオのそばを通《とお》りすぎて、舞台《ぶたい》へ行《い》ったり、帰《かえ》ってきたり。すんだひとたちは、自分《じぶん》たちのきいたことや行《い》き先《さき》について話《はな》していました。

「ヴェステルボルク」と、だれかのいう声《こえ》がきこえてきます。いいことなのか、それともそうじゃないのか。ほっとしたように見《み》えるひともいましたが、泣《な》きだすひともいました。

「東《ひがし》」に行《い》け、といわれたひとたちは、だれもよろこんでいません。ヴェステルボルクなら、とにかく、「東《ひがし》」には行《い》かないですむようです。パパとママとレオは、いつになったら行《い》き先《さき》をきけるのでしょう？

なかなか順番《じゅんばん》にはなりません。三人《にん》はもうひと晩《ばん》、劇場《げきじょう》にいることになりました。

レオはママと、今夜《こんや》はマットレスによこになっています。中身《なかみ》のわらは、はみだしているし、まわりでは、ほかのひとがおしゃべりしながら歩《ある》いています。でもレオは、眠《ねむ》たくてたまりません。マットレスにふれたとたん、まわりのものはぜんぶ消《き》えてしまいました。

つぎの日《ひ》、パパの名前《なまえ》が呼《よ》ばれました。

「ヘルマン・メイエル、ズワインドレヒト出身《しゅっしん》」

レオは、自分《じぶん》の家《いえ》があるフェール広場《ひろば》のことを考《かんが》えました。家《いえ》のうらの階段《かいだん》で、ジャンヌとおしゃべりしたい気分《きぶん》です。「なかなか終《お》わらない悪《わる》い夢《ゆめ》を見《み》てたんだ」と話《はな》し、それをきいたジャンヌがどんな顔《かお》をするか、思《おも》いうかべました。議場《ぎじょう》、列車《れっしゃ》、劇場《げきじょう》と、話《はな》すにつれて、ジャンヌはどんどん目《め》を大《おお》きくひらくでしょう。

「だめ！　そんなのだめよ！　ひどすぎよ！」と、いうでしょう。

パパは舞台《ぶたい》へむかい、ママはそわそわして、身《み》のまわりの物《もの》をまとめはじめます。まだ、そうしなくてもよかったのですが。

というのも、パパはもどってきて、こういったからです。

「今夜《こんや》十二時《じ》に、ヴェステルボルクにむけて出発《しゅっぱつ》する。劇場《げきじょう》のまえに市電《トラム》がくる。それに乗《の》って、まずアムステルダムの駅《えき》まで行《い》くんだ」

レオのおなかはやっと落《お》ちついたばかりでしたが、あの石《いし》がまた大《おお》きくなりはじめます。もう列車《れっしゃ》には乗《の》りたくありません。でも、レオは、ここにいるのもいやでした。

三人《にん》はきたときと同《おな》じように、また夜中《よなか》に、アムステルダムをはなれます。この町《まち》のだれひとり、レオがここに二日間《ふつかかん》いたことを知《し》りません。そういっていいでしょう……レオを見《み》たのは、兵隊《へいたい》と警《けい》官《かん》、そして劇場《げきじょう》にいたユダヤ人《じん》だけ。みんな、夜《よる》のひとたちでした。

昼間《ひるま》のひとたちには、レオの姿《すがた》が見《み》えないのです。

フェール広場《ひろば》に面《めん》した自宅《じたく》。レオは、パパの薬局《やっきょく》のまえにいる

ヴェステルボルク

もう一度《いちど》、ひと晩《ばん》じゅう、ぎゅうぎゅうづめの列車《れっしゃ》にゆられていきます。レオの知《し》りあいはだれもいないし、くたびれすぎて、みんなの顔《かお》を注意《ちゅうい》して見《み》ることもできません。子《こ》どもの数《かず》は多《おお》かったけれど、泣《な》く子《こ》はいませんでした。おばあさんが、しょっちゅう深《ふか》いため息《いき》をついていています。ひとりはいびきをかき——ほかのだれかは眠《ねむ》りながら、口《くち》をぴちゃぴちゃさせていました。貨車《かしゃ》のどこか奥《おく》のほうでは、何人《なんにん》かの男《おとこ》のひとたちがおしころした声《こえ》で話《はな》しあっています。ママのコートの布地《ぬのじ》が、レオのほほにちくちく当《あ》たりました。

列車《れっしゃ》がとまり、とびらがひらいたとき、レオは目《め》をさましました。灰色《はいいろ》の光《ひかり》が差《さ》しこんできます。あんまり寒《さむ》くて、足《あし》の感覚《かんかく》がなくなっていました。

みんなはまた歩《ある》きだします。こんどは町《まち》ではなく、荒地《あれち》のようなところをぬけていきます。木《き》が一本《ぽん》も生《は》えていないし、家《いえ》もありません。

「ぼくたち、別《べつ》の国《くに》にきたの？」レオはパパにききます。

パパが、レオの手《て》をぎゅっとにぎりました。

「いや、ヴェステルボルクは、オランダのドレンテ州《しゅう》だ。同《おな》じ国《くに》のなかだが、ドイツ国境《こっきょう》の近《ちか》くなんだ」

レオの足《あし》は知《し》らないうちに動《うご》いています。三人《にん》はふたたび、行列《ぎょうれつ》の一部《いちぶ》になっていました。レオはいま、その外側《そとがわ》を歩《ある》いています。氷《こおり》のように冷《つめ》たい風《かぜ》が、平《たい》らな土地《とち》に砂《すな》けむりを巻《ま》きあげ、レオの顔《かお》にもろに当《あ》たります。砂《すな》つぶが、ちくちくと針《はり》のようにほほを打《う》ちました。

「着《つ》いたぞ」はてしなく長《なが》いあいだ歩《ある》いたあと、パパがいいました。

「あれがヴェステルボルクだ」

ああ、キャンプだ。旅《たび》の終《お》わり。レオはパパが指《さ》した方向《ほうこう》をながめました。

いったい、どんなところ？

旗《はた》のついたテントはなく、木《き》でできた背《せ》の低《ひく》い建物《たてもの》がならんでいます。木々《きぎ》やしげみはどこにもありません。さえぎるもののない風《かぜ》のなか、あるのは建物《たてもの》と砂地《すなち》だけ。それはレオの知《し》っているキャンプとはぜんぜんちがう、「収容所《しゅうようじょ》」と呼《よ》ばれる場所《ばしょ》でした。

レオの体《からだ》が、ずしりと重《おも》くなりました。

　ここにはいたくない。

「こっちへ！」つなぎの服《ふく》を着《き》た男《おとこ》のひとたちが、道《みち》を指《ゆび》さしました。

　作業服姿《さぎょうふくすがた》のひとたちは、*「FK」と書《か》いた腕章《わんしょう》をつけています。

「はじめに登録《とうろく》をすませてください」と、ひとりがレオたちの行列《ぎょうれつ》を、木造《もくぞう》の建物《たてもの》のひとつに案内《あんない》しましたが、全員《ぜんいん》は入《はい》れ

ヴェステルボルク収容所《しゅうようじょ》——あるのは建物《たてもの》と砂地《すなち》だけ、風《かぜ》をさえぎるものもない

ません。ここでも順番待《じゅんばんま》ちです。

パパとママとレオは、ほかのひとたちのあとをすこしずつ進《すす》みます。持《も》てるだけ荷物《にもつ》を持《も》った男《おとこ》のひと、女《おんな》のひと、子《こ》どもたちの長《なが》い列《れつ》です。吹《ふ》きつける風《かぜ》に、みんなは体《からだ》をよせあっていました。のろのろとドアのほうへ進《すす》んでいき、ようやく建物《たてもの》のなかに入《はい》れるのです。

登録《とうろく》ってなんだろう？　ここでなにをするのかな？

レオはもっとよく見《み》えるように、つま先立《さきだ》ちしました。でもあまり見《み》えないので、ほかのひとの下《した》をもぐって、列《れつ》の外側《そとがわ》へ出《で》ました。一台《だい》のタイプライター**ごとに、ひとがふたりずつすわっている机《つくえ》がいくつも見《み》えます。そのふたりが、列《れつ》にならんでいたひとたちに質問《しつもん》を出《だ》し、答《こた》えを紙《かみ》に打《う》ちこむのです。

きっと、たくさん質問《しつもん》があるんだ、ずいぶん時間《じかん》がかかるもの。

レオの足《あし》は、上《うえ》から下《した》までずきずき痛《いた》み、おなかもぐうぐう鳴《な》っています。

しばらくしたら、ここでやっと食《た》べ物《もの》をもらえるのかな？

レオがパパにもたれかかると、パパは頭《あたま》をなでてくれました。

「時間《じかん》はかかるが、うまくいくよ。ここのひとたちは薬剤師《やくざいし》を必要《ひつよう》としている。だから、パパは仕事《しごと》につけるはずだ」

レオはうなずきましたが、よくわかっていません。

ここで薬剤師《やくざいし》を必要《ひつよう》としてるのが、いいことなの？　この場所《ばしょ》も、あんまり楽《たの》しそうには見《み》えないけど……。

「おじいちゃんとおばあちゃんは、どこかにいるの？　きいてくれる？」

「ああ、そうしてみよう」と、パパはいいます。

とうとう、レオたちの番《ばん》がきました。机《つくえ》にすわっている若《わか》い女《おんな》のひとが、レオにやさしくうなずきかけ、タイプライターに新《あたら》しい紙《かみ》を一枚《まい》、入《い》れます。作業服《さぎょうふく》の男《おとこ》のひとたちと同《おな》じように、そのひとも胸《むね》に「星《ほし》」をつけていました。

「お名前《なまえ》は？」

パパが答《こた》え、それから質問《しつもん》がつぎつぎとつづきました。たいくつなので、レオはすぐにきくのをやめました。女《おんな》のひとの指《ゆび》は、すごい勢《いきお》いでタイプライターのキーをたたいてい

＊軍隊《ぐんたい》の本隊《ほんたい》とは別《べつ》に動《うご》く「別働隊《べつどうたい》」の意味《いみ》

＊＊当時《とうじ》、よくつかわれていた、活字《かつじ》を紙《かみ》に打《う》ちつける筆記《ひっき》機具《きぐ》

ます。なんてうるさい場所《ばしょ》！　そこらじゅうで話《はな》し声《ごえ》や、タイプを打《う》つ音《おと》がして……レオはため息《いき》をつきました。

「ここは終《お》わったよ。つぎの机《つくえ》へ行《い》こう」と、パパ。

つぎの机《つくえ》？　レオはよくわからない顔《かお》で、パパを見《み》つめます。

「うん、登録《とうろく》はしばらくつづくんだ」パパはレオにわらいかけましたが、レオはその目《め》を見《み》て、パパもつかれているのがわかりました。

「いらっしゃい、レオ」ママがレオの頭《あたま》にキスをします。

「これから銀行《ぎんこう》にも行《い》く。銀行《ぎんこう》で、お金《かね》をいくら持《も》っているか知《し》らせないと。そのあと係《かかり》のひとたちが、うちの荷物《にもつ》を管理《かんり》することになる」

三人《にん》はもう一度《いちど》、列《れつ》にならばなければいけません。順番《じゅんばん》がくると、パパはまた山《やま》ほどの質問《しつもん》に答《こた》えて、書類《しょるい》を見《み》せています。そのあとは、トランクを机《つくえ》の上《うえ》にのせて、ひらいて見《み》せる必要《ひつよう》がありました。レオは、自分《じぶん》のリュックサックをおろします。これも出《だ》さなくちゃいけないんだと思《おも》って。

男《おとこ》のひとが、パパのトランクを注意深《ちゅういぶか》く広《ひろ》げ、中身《なかみ》をぜんぶ確《たし》かめています。そして、うんうんと、うなずきつづけています。

「コートを見《み》せてもらえますか？」と、男《おとこ》のひとは手《て》をのばしました。

パパはだまったままコートをわたしました。男《おとこ》のひとは、ポケットをのこらず手《て》さぐりで確《たし》かめています。そんなことがゆるされるんでしょうか？　よそのひとのポケットを、さわっちゃいけないはずなのに？

「おや、ボールペン！」男《おとこ》のひとはそのペンを手《て》に取《と》りいろんな角度《かくど》から見《み》ました。「安物《やすもの》じゃありませんね」そういって、ボールペンを別《べつ》のトレイに入《い》れました。

「でも……！」パパはペンを取《と》りもどそうと、手《て》をのばします。

「私《わたし》なら、そうしませんが」男《おとこ》のひとの声《こえ》は、わざとらしい感《かん》じがしました。「高価《こうか》なものはぜんぶわたすこと、という命令《めいれい》です。奥《おく》さんのトランクも見《み》せてもらえますか？」

レオはリュックサックを、自分《じぶん》の胸《むね》におしつけました。ママがトランクをあけると、男《おとこ》のひとの手《て》が、ママの物《もの》をひっかきまわします。レオは、むかむかはき気《け》がしてきました。

「きれいなコンパクトですな」男《おとこ》のひとは満足《まんぞく》そうにいうと、それもトレイに入《い》れました。

ママのほほに涙《なみだ》が流《なが》れます。それはおばあちゃんからもらったコンパクトでした。金《きん》でできていて、なかに鏡《かがみ》がついていて、ママはおしろいの粉《こな》がちゃんと鼻《はな》についているかどうか、見《み》ることができるのです。女性《じょせい》がおしろいをつけるのは、鼻《はな》が光《ひか》らないようにする

ヴェステルボルクに到着《とうちゃく》したユダヤ人《じん》たちは、最初《さいしょ》に登録《とうろく》をしなければならない

ためよ、とママはいっていました。

「こんどは、そのリュックサックだ」

レオはだまったまま、リュックサックをわたします。もし色《いろ》えんぴつが、トレイに入《い》れられたら……男《おとこ》のひとは中身《なかみ》をぜんぶ机《つくえ》の上《うえ》にぶちまけ、その手《て》ですばやくレオの品物《しなもの》を確《たし》かめました。それからまたぜんぶ、つめなおしました。

「問題《もんだい》なし」レオにリュックサックを返《かえ》しながら、そういいました。

けれども、ぜんぜん問題《もんだい》なしじゃありません。なにもかも、めちゃくちゃでした。

宿舎《しゅくしゃ》六十六号《ごう》

パパとママとレオは、何人《なんにん》もの医者《いしゃ》の検査《けんさ》を受《う》け、そのあと書類《しょるい》も出《だ》さなければなりません。どれもこれも、とんでもなく時間《じかん》がかかります。

レオは、ちゃんとパパとママの近《ちか》くにいるようにしました。ふたりを見失《みうしな》ったら、どうなることか……。

とうとうそれも終《お》わると、ママがいいました。

「宿舎《しゅくしゃ》六十六号《ごう》に行《い》きますよ。あのひとが、わたしたちをつれていってくれるの」

ママは笑顔《えがお》をうかべようとしましたが、顔《かお》があおざめています。レオはリュックサックを背《せ》おいなおしました。さあ、また出発《しゅっぱつ》です。

パパはトランクを二個《こ》、手《て》に持《も》つと、レオにうなずきかけました。

「あとすこしだよ、レオ。着《つ》いたらすぐに眠《ねむ》れる」

宿舎《しゅくしゃ》六十六号《ごう》へ行《い》くひとは、まだおおぜいいました。全員《ぜんいん》がそろうと、作業服《さぎょうふく》を着《き》た男《おとこ》のひとが、みんなの先《さき》を走《はし》って案内《あんない》します。だれも文句《もんく》をいおうとしませんが、そのひとにはほとんど追《お》いつけません。道《みち》は泥《どろ》んこで、あちこちに水《みず》たまりがあり、うまく歩《ある》くことができないのです。ハイヒールをはいているママや、ほかの女《おんな》のひとたちには、なおさらでした。

「あのひとに待《ま》ってもらって」ママはまえにむかって、小声《こごえ》でいいます。

レオは水《みず》たまりをさけようとしましたが、うまくいきません。はねた泥《どろ》が靴下《くつした》に、どんどんついてしまいます。でも、パパがレオを待《ま》っていてくれました。

「すごく遠《とお》いんだね？　ヴェステルボルクがこんなに広《ひろ》いって、知《し》ってた？」と、レオはききます。

パパはほほえみましたが、なにも答《こた》えません。つまり、知《し》っていたのです。パパやママは、レオに話《はな》したより、ずっと多《おお》くを知《し》っていました。ほかにどんなことを知《し》っているのでしょう？

ようやく、みんなは到着《とうちゃく》しました。作業服姿《さぎょうふくすがた》のひとは腕《うで》を大《おお》きくふっています。

「これが宿舎《しゅくしゃ》六十六号《ごう》です！　宿舎《しゅくしゃ》のリーダーが、みなさんの寝場所《ねばしょ》を教《おし》えます。男性《だんせい》はこちら側《がわ》、女性《じょせい》と子《こ》どもたちはあちら側《がわ》です」

パパ！　レオはパパの腕《うで》をつかみました。このうえ家族《かぞく》がばらばらになるなんて。パパはトランクをおろすと、レオのまえでしゃがみました。

「レオ、このことはパパも知《し》らなかった」

無精《ぶしょう》ひげにおおわれたパパの顔《かお》が、どんなにあおざめているか、レオにはわかりました。

レオのパパは、いつも身《み》

レオとパパとママは、はじめのうち、宿舎《しゅくしゃ》六十六号《ごう》に住《す》まなければならなかった

なりのきちんとした紳士《しんし》でしたが、もう二日間《ふつかかん》もひげを剃《そ》れないでいました。

「私《わたし》はレオのすぐそばにいる、わかるね？　同《おな》じ宿舎《しゅくしゃ》のなかなんだ」

レオはうなずくことしかできません。言葉《ことば》がのどにつまったままです。

「いい知《し》らせがある。さっき、ほかのひとからきいたんだが、おばあちゃんもきのうの夜《よる》、到着《とうちゃく》したそうだ。どこにいるのかまだわからないが」

パパはそういうと、立《た》ちあがりました。

「ひと休《やす》みしたら、ふたりで探《さが》しにいこう。ママのことをたのんだよ」

パパはママにトランクをわたすと、キスをしました。

「がんばるんだ、ロット」

ママは両目《りょうめ》を大《おお》きくひらき、くちびるを噛《か》みしめています。

泣《な》かないで、ママ。泣《な》いちゃだめだ。レオはママの手《て》をにぎりました。

「ママとぼくの寝場所《ねばしょ》が、どこか知《し》りたい。おばあちゃんもここにいるのか、きいてみる？」

机《つくえ》のむこうに、女《おんな》のひとがふたり、すわっています。まちがいなくこの宿舎《しゅくしゃ》のリーダーです。新《あたら》しくきたほかのひとたちが、トランクをさげ、ふたりのまえにならんでいるからです。リーダーたちは必要《ひつよう》なことをぜんぶ書《か》きとると、うしろにある鉄《てつ》の棚《たな》を指《ゆび》さしました。

レオは首《くび》をのばしました。あれはなんの棚《たな》だろう？　レオにはわかりません。でも、天《てん》井《じょう》の梁《はり》のあちこちに洗濯《せんたく》ひもがわたされ、洋服《ようふく》が干《ほ》してあるのに気《き》がつきました。

「名前《なまえ》は？」

「シャルロット・メイエルと、むすこのレオです」ママはレオをまえに出《だ》しました。「レオは七歳《さい》になったばかりです。だからわたしとこの子《こ》の場所《ばしょ》は、すぐ近《ちか》くでないといけません」

ふたりのうち、年上《としうえ》の女《おんな》のひとが、あざけるような目《め》でママを見《み》つめました。

「ここには、そうでないといけないことなんて、なにもない。ヴェステルボルクには、親《おや》のない、レオよりもっと小《ちい》さな子《こ》だっているんだよ」

「まあいいから」と、もうひとりの女《おんな》のひと。そのあとママにいいました。

「ここから、うしろのほうへ行《い》きなさい。奥《おく》の中央《ちゅうおう》の列《れつ》は、まんなかのベッドの上段《じょうだん》と中《ちゅう》段《だん》が空《あ》いています。その二つが、あなたたちのベッドです。シャルロット、あなたは上《うえ》で寝《ね》て、息子《むすこ》さんが中段《ちゅうだん》で寝《ね》たらいい」

首《くび》をよこにふりました。

年上《としうえ》のほうは苦笑《にがわら》いをすると、「ここはホテルじゃない」と、空間《くうかん》を指《ゆび》さしました。

感《かん》じのいいほうのひとは、レオにウィンクしました。

「あそこが食事場《しょくじば》」そういいながら、レオとママのうしろの空間を指さしました。「昼《ひる》には、あそこにあたたかい食事《しょくじ》が運《はこ》ばれてきます。男女両方《だんじょりょうほう》の共同寝室《きょうどうしんしつ》のためにね。まあ、あたたかいといえるかどうか……遠《とお》くの中央調理場《ちゅうおうちょうりば》から運《はこ》ばれてくるものだから。毎晩《まいばん》パンが配《くば》られますが、そのパンの一部《いちぶ》は、つぎの日《ひ》の朝《あさ》まで取《と》っておいてください。朝《あさ》は仕事《しごと》に出《で》るまえに、コーヒーがもらえます。あなたたちは、けさのコーヒーを飲《の》めなかったけど、でも食事場《しょくじば》に行《い》けば、新《あたら》しくきたひとの分《ぶん》のパンがまだあるはずですよ。それからたぶん、なにか飲《の》み物《もの》も」

「うちのおばあちゃんも、ここにいますか？　ぼくたちと同《おな》じ、メイエルって名字《みょうじ》なんです」レオが質問《しつもん》すると、その女《おんな》のひとは、ほほえみました。

「メイエルって名前《なまえ》は多《おお》いのよ」それから、ママのうしろにならんでいるひとのほうを見《み》ました。「はい、つぎの方《かた》」

ママがレオの手《て》を引《ひ》いて、部屋《へや》の奥《おく》へ行《い》ったので、レオにもわかりました。鉄《てつ》の棚《たな》がベッドなのです。三段《だん》かさなったベッドが棚《たな》のようにぎっしりとならんでいました。ベッド同士《どうし》のすきまがあんまりせまいので、レオはママのうしろを歩《ある》かなくてはなりません。うすよごれた床《ゆか》は、レオの靴《くつ》についた泥《どろ》と同《おな》じ色《いろ》でした。あいだには洋服《ようふく》が干《ほ》され、上《うえ》の段《だん》にも下《した》の段《だん》にもトランクやバッグがおいてありました。

あちこちに女《おんな》のひとたちがすわって、おしゃべりしていますが、人数《にんずう》は多《おお》くありません。それでも大部分《だいぶぶん》のベッドはだれかのものでした。ベッドにおかれた荷物《にもつ》を見《み》れば、わかります。ここのひとたちはどこにいるんだろう？　レオはベッドの数《かず》をかぞえました。いったい、どこがぼくたちのベッドなのかな……。

いわれたとおり、まんなかのベッドがひとつ、ぽかっと空《あ》いていました。宿舎《しゅくしゃ》のほかの場所《ばしょ》はごたごたしているのに、なんだかおかしな感《かん》じ。はじめはだれか別《べつ》のひとが、ここで寝《ね》ていたのでしょうか？　だったら、そのひとはいまどこにいるのでしょう？

「ベッドに入《はい》れた、レオ？　リュックサックをおろしなさい」

ママはいちばん上《うえ》の段《だん》にのぼると、トランクを放《ほう》りこみました。

「レオのマットレスは、どんなふう？」

宿舎《しゅくしゃ》のなかの共同寝室《きょうどうしんしつ》

　レオも自分《じぶん》のベッドにのぼります。そして手《て》でマットレスをさわりました。

「かたくて、ちくちくする」

「わらのマットレスなのよ」と、ママはいいました。

「まず、なにか食《た》べ物《もの》が手《て》に入《はい》らないか、ふたりで見《み》にいきましょう。それから眠《ねむ》りましょう。わたしはあしたから、働《はたら》かないといけないの。そして、レオは学校《がっこう》に行《い》くのよ。だから、ふたりともゆっくり休《やす》まないとね」

　ゆっくり休《やす》む……宿舎《しゅくしゃ》に住《す》んで

いたら、そんなの、ぜったいに無理《むり》です。最初《さいしょ》の晩《ばん》のあと、レオはすぐにわかりました。家《いえ》にいたら、レオは自分《じぶん》の部屋《へや》で眠《ねむ》ります。ひとりきりで。眠《ねむ》りに落《お》ちるまえには、夜《よる》のざわめきがきこえてきました。通《とお》りすぎる車《くるま》の音《おと》、ママがトイレに行《い》く音《おと》、下《した》の部屋《へや》のドアがひらくたびにもれてくるラジオの音《おと》。あとはなにもきこえません。そして、そんな音《おと》は安心《あんしん》できるものなので、レオはすぐにうとうとしました。清潔《せいけつ》なシーツのなかで、ママにしっかり寝《ね》かしつけられて。

ここでは、数《かぞ》えきれないくらいたくさんの、ほかのひとといっしょに眠《ねむ》るのです。女《おんな》のひと、女《おんな》の子《こ》、男《おとこ》のひとの寝場所《ねばしょ》に行《い》くにはまだ小《ちい》さい男《おとこ》の子《こ》たち。だれもが歩《ある》きまわったり、段《だん》ベッドにのぼったり、飛《と》びおりたりしていました。それから、耳元《みみもと》できこえるみんなのおしゃべり。

レオは、家《いえ》では夜《よる》の七時半《じはん》にはベッドに入《はい》る習慣《しゅうかん》でしたが、七時半《じはん》だと、宿舎《しゅくしゃ》での暮《く》らしはまだ大《おお》さわぎです。きのうの晩《ばん》、やっと静《しず》かになったのは、ほとんど真夜中《まよなか》でした。真夜中《まよなか》だとわかったのは、年上《としうえ》のほうのリーダーが「だまれ、もう十一時半《じはん》だよ!」と、どなったからです。

朝《あさ》になっても、真夜中《まよなか》みたいな感《かん》じ。外《そと》はまだ暗《くら》いままで、宿舎《しゅくしゃ》じゅうで話《はな》し声《ごえ》がしました。

「ほら！　ふたりとも、起《お》きなさい！」だれかがレオの腕《うで》を引《ひ》っぱります。

「早《はや》く洗面所《せんめんじょ》の列《れつ》にならばないと、時間《じかん》までに順番《じゅんばん》がまわってこないよ」

レオが寝返《ねがえ》りを打《う》つと、女《だんな》のひとの顔《かお》がありました。パパの助手《じょしゅ》の、ネルに似《に》た顔《かお》です。ネルも同《おな》じような、灰色《はいいろ》と青《あお》がまざった目《め》の色《いろ》をしていました。

もし、ネルがほんとにここにいたら。ぼくとママがこんなふうに眠《ねむ》らなくちゃいけないのを見《み》たら、どう思《おも》ったかな？

「あたしはイダよ。あんたの母《かあ》さんも起《お》こしてくれる？」と、そのひとはいいます。

ママといっしょに、レオはすこしおくれて洗面所《せんめんじょ》へ行《い》きました。蛇口《じゃぐち》は二つしかなく、順番《じゅんばん》がまわってくるまで、ずいぶんかかりそうです。しかも待《ま》ち方《かた》はいいかげんで、みんなが先《さき》を争《あらそ》っておしあいへしあいしているのです。やっと蛇口《じゃぐち》までこられたレオは、小《ちい》さなタオルをぬらしました。よこにいるはだかのおばあさんは、見《み》ないようにしました。そのひとがきたならしい布切《ぬのき》れで体《からだ》をふいているのに気《き》がついて、レオはぞっとします。家《いえ》のタオルとせっけんを、ママがトランクから出《だ》してくれて、ほんとによかった。

でも、洗《あら》い終《お》わるまえに、女《おんな》の子《こ》がレオをおしのけました。

「早《はや》くして！　ぐずぐずしないで」

そのあとコーヒーを分《わ》けてもらうときも、同《おな》じようなおしあいへしあいがあり、パンをひと切《き》れ食《た》べ終《お》えるころには、レオはもうくたくたでした。

なのに、いまからまさに一日《いちにち》がはじまるのです。

「おはよう、レオ。大《おお》いそぎのキスを！　パパは病院《びょういん》で仕事《しごと》だ」

レオが返事《へんじ》をするまえに、パパはいなくなりました。パパの背中《せなか》が、ほかの男《おとこ》のひとの背中《せなか》のあいだに消《き》えていきます。

「ぼくたちは、なにをしなくちゃいけないの、ママ？」

ママはだれかを探《さが》すように、あたりを見《み》まわしました。

「わたしは調理場《ちょうりば》で働《はたら》くって話《はなし》をきいたわ。じゃがいもの皮《かわ》をむくの。そしてレオ、あなたは学校《がっこう》よ」

ママはイダを見《み》つけて、服《ふく》のそでを引《ひ》っぱりました。

「どうやって行《い》くのか、教《おし》えてくれません？」

「ふたりとも、あたしといっしょにおいで」と、イダ。「あたしも、じゃがいもの皮《かわ》をむく係《かかり》なんだ。とちゅうで学校《がっこう》がどこか教《おし》えるよ」

三人《にん》は宿舎《しゅくしゃ》を出《で》ました。風《かぜ》があんまり強《つよ》いので、部屋《へや》のなかに吹《ふ》きもどされてしまいそうです。宿舎《しゅくしゃ》のむかい側《がわ》に、がっしりした体《からだ》つきのおばあさんが立《た》っていました。黒《くろ》っぽい丈《たけ》の長《なが》いコートを着《き》て、帽子《ぼうし》をかぶっています。そのおばあさんは外《そと》に出《で》てくるひとを、ひとりひとり探《さが》すように見《み》ていました。

「おばあちゃん！」

レオは、何千人《なんぜんにん》のなかからでも、おばあちゃんの姿《すがた》がわかります。まっしぐらに走《はし》っていき、両腕《りょううで》でおばあちゃんの腰《こし》にだきつきました。そして、おばあちゃんの着《き》ている冬《ふゆ》のコートに顔《かお》をうずめました。

「ぼく、学校《がっこう》へ行《い》くんだ」

「そうかい」と、おばあちゃんはいい、レオの頭《あたま》をなでてくれました。「おまえに会《あ》えてうれしいよ。学校《がっこう》まで送《おく》っていこうか？　あたしは年《とし》よりで働《はたら》けない。だから、時間《じかん》はたっぷりあるんだ」

「おじいちゃんはどこ？　パパにはもう会《あ》った？」

おばあちゃんにだきよせられたレオは、おばあちゃんが涙《なみだ》をすすりはじめたのを感《かん》じました。

レオたちのベッドは、三段《だん》かさなった鉄《てつ》の棚《たな》だった

「どこなのか、あたしにもわからない。先週《せんしゅう》の水曜日《すいようび》、つれていかれたんだ。ドイツ兵《へい》は、ドルドレヒトのシナゴーグの銀製品《ぎんせいひん》をどこにかくしたか、知《し》りたがってる。あたしはおといからここにいるけれど、あのひとは見《み》つからないんだ」

かわいそうなおじいちゃん。ドイツ兵《へい》は、おじいちゃんをどうしたのでしょう？どう声《こえ》をかけたらいいかわからないまま、レオはおばあちゃんの手《て》をそっとにぎりました。

学校《がっこう》

「ここにちがいないよ。ちゃんと問《と》い合《あ》わせておいたから」

おばあちゃんがいいます。その声《こえ》のなかにも、信《しん》じられない気持《きも》ちがあるのが、レオにはわかりました。

だって、これは学校《がっこう》じゃなくて、ただの宿舎《しゅくしゃ》です。レオは目《め》をぎゅっとつぶりました。

ここにはいたくない。

レオが行《い》きたいのは、オンデルダイクにある、近所《きんじょ》の子《こ》がみんな通《かよ》うナワイン校長先生《こうちょうせんせい》の学校《がっこう》でした。土手《どて》のすぐ下《した》に立《た》つ学校《がっこう》の建物《たてもの》も、目《め》のまえに見《み》えます。大《おお》きな校庭《こうてい》、いくつもならんだ背《せ》の高《たか》い窓《まど》、建物《たてもの》のまんなかにある入《い》り口《ぐち》のドア。

幼稚園《ようちえん》から、一年生《ねんせい》のクラスにうつった最初《さいしょ》の日《ひ》……木々《きぎ》がまだ青々《あおあお》とした、夏《なつ》の日《ひ》でしたが、もう秋《あき》のにおいもしました。ナワイン先生《せんせい》は両手《りょうて》をこすりながら入《い》り口《ぐち》に立《た》っていて、パパとママが、レオをつれていってくれました。レオは心臓《しんぞう》がどきどきして、のどまでのぼってきそう。そのぐらい緊張《きんちょう》していたのです。

「レオくん、きみには読《よ》み書《か》きを学《まな》びたい気持《きも》ちがあるかい？」

「はい、校長先生《こうちょうせんせい》、ものすごく！」レオは答《こた》えました。

すると、パパがわらいだ

ヴェステルボルク収容所《しゅうようじょ》の学校《がっこう》に通《かよ》う子《こ》どもたち

しました。「この子《こ》は待《ま》ちきれなかったんですよ！」

パパのいうとおり。そのまえの数週間《すうしゅうかん》、日曜日《にちようび》になるたび、レオはパパたちと学校《がっこう》まできて、窓《まど》のなかをのぞいていたのです。もうすぐ自分《じぶん》がすわる長《なが》いすや、クラスの先生《せんせい》がつかう黒板《こくばん》を、しっかり見《み》ておきたかったから。

ナワイン先生《せんせい》は、レオたちとならんで学校《がっこう》へ入《はい》りました。

「これからは、あれがきみのコートかけだ」と、ナワイン先生《せんせい》が指《ゆび》さします。「あそこに上《うわ》着《ぎ》をかけたら、クラスの先生《せんせい》を紹介《しょうかい》しよう」

それからレオは、ナワイン先生《せんせい》といっしょに教室《きょうしつ》に入《はい》りました。パパとママはドアのところに立《た》ったまま、なかには入《はい》りません。ふたりのうれしそうな顔《かお》といったら……。

「なにをしてるんだい、レオ？」と、おばあちゃんの声《こえ》。「目《め》をつぶってたのかい？」

レオは深呼吸《しんこきゅう》して、目《め》をあけました。そう、レオはこれから、ナワイン先生《せんせい》の学校《がっこう》へ行《い》くわけではありません。それにあの学校《がっこう》には、二か月《げつ》ぐらいしかいられなかった。あっというまにドイツ軍《ぐん》の新《あたら》しい規則《きそく》ができて、ユダヤ人《じん》は、ユダヤ人以外《じんいがい》のひとと同《おな》じ学校《がっこう》にいることがゆるされなくなりました。レオは、ズワインドレヒトの学校《がっこう》に通《かよ》うただひとりのユダヤ人《じん》の子《こ》どもだったので、解決方法《かいけつほうほう》が決《き》まるまで、しばらくナワイン先生《せんせい》の学校《がっこう》にいてもいいことになりました——ドルドレヒトに、ユダヤ人《じん》の子《こ》どものための別《べつ》のクラスができるまでは。

そのクラスができると、レオは毎日《まいにち》、渡《わた》し船《ぶね》に乗《の》ってドルドレヒトへ通《かよ》う必要《ひつよう》がありました。あのときは、これ以上《いじょう》ひどいことはないと思《おも》っていました。

なのに、いまじゃ、こんなことになるなんて。

レオが自分《じぶん》を見《み》ているのに気《き》がつくと、おばあちゃんはレオを元気《げんき》づけるようにうなずきました。「とにかく勉強《べんきょう》できるんだよ、レオ」

うん、そのとおりです。レオはいま二年生《ねんせい》で、字《じ》を読《よ》むのも書《か》くのも得意《とくい》でした。だけど勉強《べんきょう》することは、まだまだたくさんあるでしょう！

「がんばりなさい。じゃ、またあとで」

おばあちゃんはそういうと、レオのほほにキスをして、立《た》ち去《さ》りました。

レオは、つばをごくんと飲《の》んでなかに入《はい》り、ドアのすぐそばに立《た》ちました。大《おお》きな宿舎《しゅくしゃ》のなかには長《なが》い机《つくえ》と、背《せ》もたれのない長《なが》いすが、ずらりとならんでいます。たぶん、百人《にん》以上《いじょう》は生徒《せいと》がいるようです。なかには、いすが高《たか》すぎる子《こ》もいて、床《ゆか》に届《とど》かない両足《りょうあし》をぶらぶらさせていましたし、いすが低《ひく》すぎる子《こ》もいて、何人《なんにん》かの体《からだ》の大《おお》きな少年《しょうねん》は、自分《じぶん》のまえの机《つくえ》に半分《はんぶん》おおいかぶさるようにしていました。そして建物全体《たてものぜんたい》に、木《き》の床《ゆか》の上《うえ》を歩《ある》きまわる音《おと》がひびいています。あちこちに黒板《こくばん》もあります。

それにしても、子《こ》どもがなんておおぜい！　おしゃべりはとまらず、うしろの子《こ》と話《はな》そうと、体《からだ》をまわしてすわっている子《こ》もいるので、授業《じゅぎょう》はまだ始《はじ》まっていないようでした。自分《じぶん》の席《せき》にむかうとちゅうの子《こ》もいます。

どこにすわったらいいんだろう？　学年別《がくねんべつ》のクラスがあるのかな？

レオには、どうしたらいいかわかりません。

めがねをかけた親切《しんせつ》そうな顔《かお》の男《おとこ》のひとが、すぐレオに気《き》がつきました。

「ああ、新入生《しんにゅうせい》だね！　名前《なまえ》は？　まえはどの学年《がくねん》にいたの？」

「レオ・メイエルです、先生《せんせい》。二年生《ねんせい》でした」

レオは握手《あくしゅ》であいさつしようと、さっと手《て》を出《だ》しました。

「じゃあ、おいで、その学年《がくねん》のスピア先生《せんせい》のところへ行《い》こう」

男《おとこ》のひとが手招《てまね》きしたので、レオはあとについて、机《つくえ》のあいだを歩《ある》いていきます。

すらっとした背《せ》の高《たか》い女《おんな》の先生《せんせい》のところで、男《おとこ》のひとは立《た》ちどまりました。女《おんな》の先生《せんせい》は、髪《かみ》をおだんごに結《ゆ》いあげようとしたようですが、あちこちから髪《かみ》の毛《け》がはみだしています。

その先生《せんせい》が、あわててこちらをふりむきました。

「スピア先生《せんせい》、新入生《しんにゅうせい》です。名前《なまえ》はレオ・メイエルくん」

男《おとこ》のひとは、レオが女《おんな》の先生《せんせい》と握手《あくしゅ》できるように、体《からだ》を一歩《ぽ》よこにずらしてくれました。

「新《あたら》しい生徒《せいと》さんね……」

スピア先生《せんせい》はレオの手《て》をにぎりながら、あたりを見《み》まわしています。

「あそこの、ダニエルのとなりに、ひとつ席《せき》があります。教科書《きょうかしょ》はないけれど、ノートとえんぴつはもらえますよ」

スピア先生《せんせい》は体《からだ》を机《つくえ》のほうにまわします。そして山積《やまづ》みのノートのなかから、一冊《さつ》を取《と》りだして、「はいどうぞ」と、レオのほうをほとんど見《み》ないでいいました。

男《おとこ》の先生《せんせい》もいなくなり、レオは長《なが》いすにすわりました。ダニエルはレオに、にこっとわらいかけました。レオよりちょっと年上《としうえ》のダニエルは、暗《くら》い色《いろ》の金髪《きんぱつ》を短《みじか》く切《き》った男《おとこ》の子《こ》で、めがねをかけています。

「みんなが静《しず》かにしたら、授業《じゅぎょう》を始《はじ》められるんだが！」と、すこし先《さき》にいる別《べつ》の先生《せんせい》が、声《こえ》をはりあげました。

朝《あさ》の授業《じゅぎょう》は算数《さんすう》から始《はじ》まりました。スピア先生《せんせい》が問題《もんだい》を読《よ》みあげ、そのあとレオたちは計算《けいさん》します。それから字《じ》を書《か》く練習《れんしゅう》です。先生《せんせい》が今日《きょう》、練習《れんしゅう》する字《じ》をいいました。まずは「v《ブイ》」の字《じ》。「m《エム》」なら、ドルドレヒトでなんども練習《れんしゅう》したので、レオもよく知《し》っていたのですが。レオは紙《かみ》の上《うえ》にえんぴつをすべらせました。気持《きも》ちを集中《しゅうちゅう》させるのは簡単《かんたん》ではなかったけれど、かなり満足《まんぞく》のいく字《じ》が書《か》けました。いろんな授業《じゅぎょう》をあちこちでしているので、まわりがうるさいのです。

こんどは得意《とくい》な「m《エム》」です。レオはくちびるのあいだから舌《した》を出《だ》して、集中《しゅうちゅう》しようとがんばりました。

休《やす》み時間《じかん》がきて、やっと外《そと》へ出《で》られると、レオはほっとしました。ほかの子《こ》たちからはなれ、騒々《そうぞう》しさからもはなれて。でも、そのまま、ひとりでいることはできませんでした。ダニエルが、レオのあとをついてきたのです。

「どこに住《す》んでたの？　父《とう》さんや母《かあ》さんといっしょに、ここにいるの？」と、ダニエル。

「もちろんだよ」レオは答《こた》え、はじめてその子《こ》をじっくり見《み》つめました。「ダニエルもそうでしょ？」

「ううん」ダニエルはレオのとなりをずっと歩《ある》いています。ふたりはぶらぶらと、行《い》ったりきたりしました。オンデルダイクの学校《がっこう》の校庭《こうてい》で、以前《いぜん》、年上《としうえ》の女《おんな》の子《こ》たちがやっていたのと同《おな》じように。

「ぼくはここの孤児院《こじいん》で暮《く》らしてる。そのまえは、父《とう》さんや母《かあ》さんとは別《べつ》のとこに、かくれて住《す》んでた。ドイツ軍《ぐん》に見《み》つからないようにしてたけど、だれかに密告《みっこく》されて、ぼくだけここにきたんだ。父《とう》さんや母《かあ》さんの居場所《いばしょ》はわからない」

　かくれて住《す》む。そんな話《はなし》を、レオはまえにもきいたことがあります。

「どうして、かくれて住《す》んでた

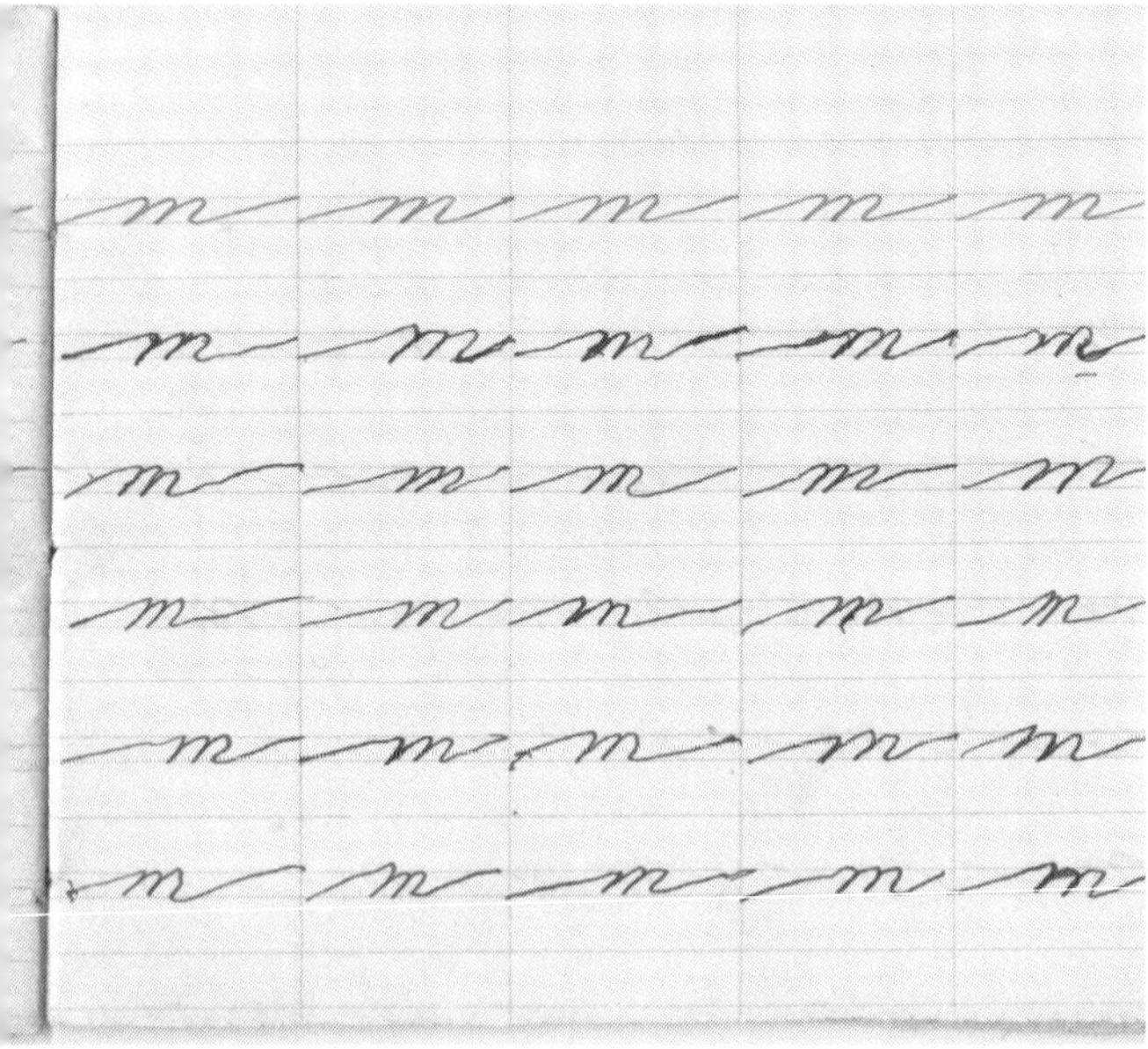

の？」

ダニエルは、こまったようにわらいました。

「だってさ、ドイツ軍《ぐん》がユダヤ人《じん》をどうするつもりか、ぼくたちにはわからないだろ」

そして、手《て》を大《おお》きくふってまわりを指《さ》しながら、レオにききました。

「それにさ、正直《しょうじき》いって……ここにはいたくないよね？」

うん。レオはうなずきました。

ここには本当《ほんとう》にいたくない。家《いえ》に帰《かえ》りたい、ナワイン校長先生《こうちょうせんせい》の学校《がっこう》に帰《かえ》りたい。

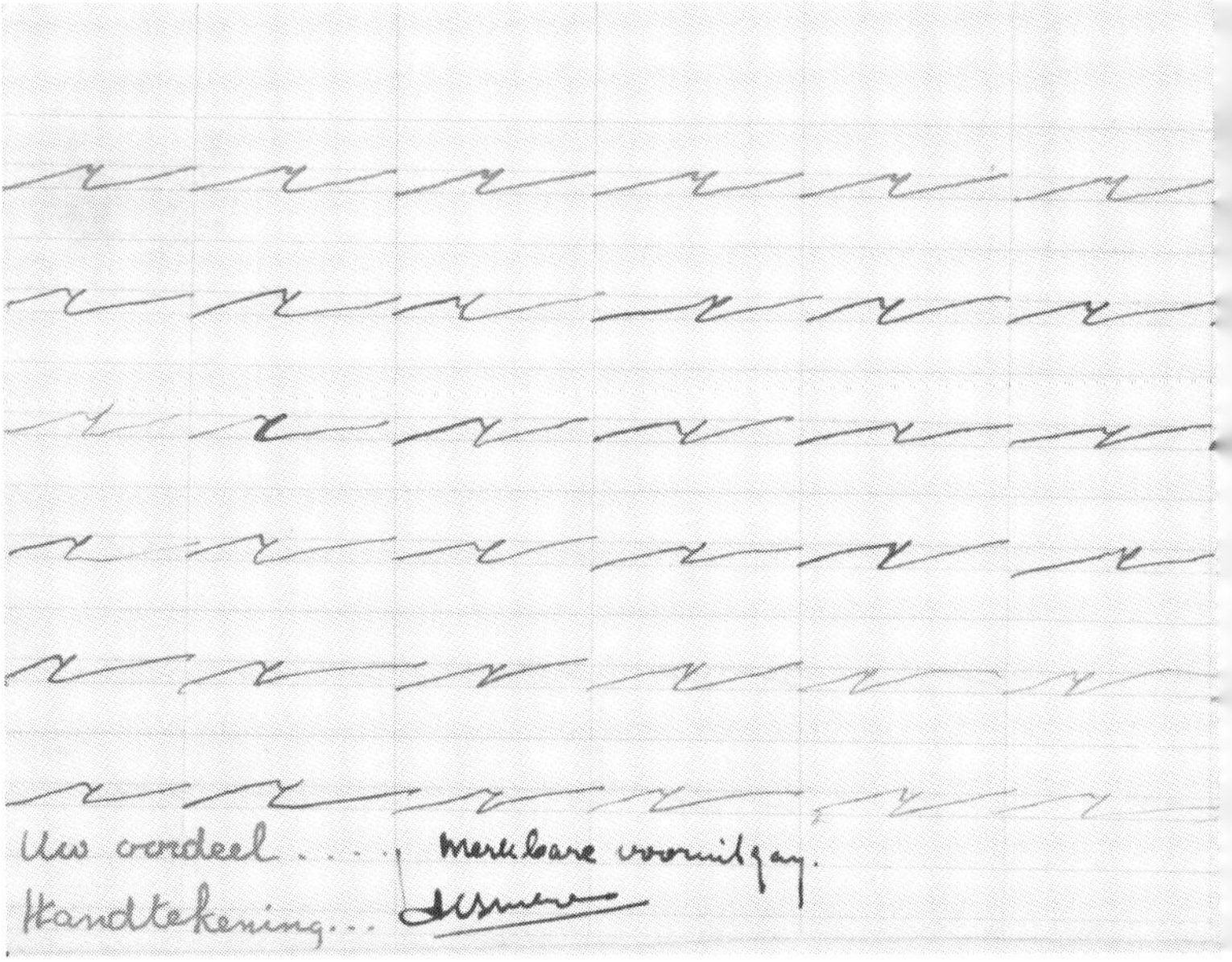

レオは、こんなふうにヴェステルボルク収容所《しゅうようじょ》で文字《もじ》の練習《れんしゅう》をしていた

移《い》送《そう》

「この、こんちくしょう！　あたしのリンゴをよくもよこどりしたね！　家族《かぞく》からやっと小包《こづつみ》を受《う》けとったのに……」

女《おんな》のひとが、若《わか》い男《おとこ》のひとの顔《かお》を、正面《しょうめん》からひっぱたいています。

「ああ、うすぎたない！　このドブネズミ！」

女《おんな》のひとは若者《わかもの》の手《て》から食べかけのリンゴを取《と》りかえすと、ドンとつきとばしたので、若者《わかもの》はすわっていた長《なが》いすからころげ落《お》ちてしまいました。

レオは両手《りょうて》で耳《みみ》をふさぎます。また、どなり声《ごえ》。もうききたくありません。

ヴェステルボルクは、自分《じぶん》の家《いえ》とはぜんぶちがっていました。なにもかもです。つかう言葉《ことば》でさえちがっていて、ここでは、一度《いちど》もきいたことのない言葉《ことば》がきこえてきました。

「こんちくしょう」とか「うすぎたない」とか……それに「ドブネズミ」って、なんのことでしょう?

「かくれて住《す》む」も新《あたら》しい言葉《ことば》でしたが、ダニエルのおかげで意味《いみ》がわかりました。

いま、気《き》になる言葉《ことば》は「移送《いそう》」です。

パパとママ、レオが、ヴェステルボルクに到着《とうちゃく》したのは、木曜日《もくようび》。その最初《さいしょ》の日《ひ》にも、たぶん、「移送《いそう》」という言葉《ことば》をきいたはずですが、あの日《ひ》は新《あたら》しいことがたくさんありすぎて、きいたかどうかさえ思《おも》い出《だ》せません。

ここにいると毎日《まいにち》、その言葉《ことば》がなんども耳《みみ》に入《はい》ってきました。朝《あさ》は洗面所《せんめんじょ》で、それからコーヒーを分《わ》けているとき。共同寝室《きょうどうしんしつ》の段《だん》ベッドのあいだで。午後《ごご》は食事場《しょくじば》で、そして夕《ゆう》食《しょく》のときにも……。

月曜日《げつようび》の今日《きょう》は、その言葉《ことば》が一日《いちにち》じゅう、きこえます。「移送《いそう》」と、それに「リスト」という言葉《ことば》も、ますますよくきこえてきました。

レオはけさもまた、おばあちゃんにつれられて学校《がっこう》へ行《い》きます。

おばあちゃんにきいてみようか? そう思《おも》いましたが、やめておきました。おばあちゃんはつかれているように見《み》えました。それに、おじいちゃんがどこにいるかも、わからないままなのです。とにかく「移送《いそう》」はなにかいやなものだと、レオにもわかってきました。

「おぼえてるかい」と、おばあちゃん。「おまえがファルケン市場《いちば》にあるユダヤ人学校《じんがっこう》に通《かよ》ってたとき。昼《ひる》ごはんを食《た》べに、よくうちによってくれたね」

「うん、楽《たの》しかったよ、おばあちゃん」

「だからこう考《かんが》えなさい。あたしたちはいまも、家《いえ》にいたときとおんなじように、近所同士《きんじょどうし》に住《す》んでるんだって」

学校《がっこう》に着《つ》くと、おばあちゃんは腰《こし》をかがめて、レオにキスをしました。そしてレオをぎゅうっとだきしめて、頭《あたま》をなんどもなでてくれました。

「楽《たの》しんでおいで」そういうと、おばあちゃんはむきを変《か》えて、立《た》ち去《さ》りました。

レオは、おばあちゃんをしばらく見送《みおく》ります。おばあちゃんが、あんなふうにおおげさにレオをだきしめることはあまりありません。「移送《いそう》」という言葉《ことば》のせいかも。きっとあの言葉《ことば》が今日《きょう》を、いつもとはちがう日《ひ》にしているのです。

クラスで、スピア先生《せんせい》がいいました。

「作文《さくぶん》を書《か》いてください。なにかおもしろいことについて」

作文《さくぶん》って、どう書《か》いたらいいんだろう？　レオは質問《しつもん》しようと、人指《ひとさ》し指《ゆび》を立《た》てます。

でも、スピア先生《せんせい》は見《み》えないふりをしました。そのあと、ほかのクラスの先生《せんせい》といっしょにいなくなり、すこし行《い》ったところでなにか話《はな》しこんでいました。まるで、あとのことは、もうどうだっていいというふうに。

おもしろいことについての、作文《さくぶん》か。レオはダニエルのノートをのぞきましたが、ダニエルはぐるぐる円《えん》をかきながら、まえを見《み》つめています。レオはむきを変《か》えて、ほかの子《こ》たちを見《み》ました。作文《さくぶん》を書《か》いていない子《こ》はもっといて、みんなおしゃべりをしていましたが、注意《ちゅうい》する先生《せんせい》はひとりもいませんでした。

スピア先生《せんせい》は、ずっと話《はな》しこんでいます。まず、最初《さいしょ》の日《ひ》にレオが会《あ》った感《かん》じのいいフォス校長《こうちょう》と。つぎは、一年生《ねんせい》のクラスのデ・フリース先生《せんせい》と。スピア先生《せんせい》は両手《りょうて》をゆらしていて、丸《まる》くおだんごにした髪《かみ》が、いつもよりもっと乱《みだ》れていました。先生《せんせい》は神経質《しんけいしつ》になっています。だれもが神経質《しんけいしつ》になっているのです。

レオのおなかは、これまでの何日間《なんにちかん》かより、もっと重《おも》たくなりました。ヴェステルボルクはひどいところですが、レオの知《し》らない、もっとひどいことがあるようでした。

レオは、昼食《ちゅうしょく》のとき、ママにきいてみました。昼食《ちゅうしょく》は*スタンポットで、なかに入《はい》っているじゃがいもは、ママが調理場《ちょうりば》で皮《かわ》をむいたものです。

「ママ、みんながずっと話《はな》している『移送《いそう》』って、なに？」

ママの両目《りょうめ》が、みるみる涙《なみだ》でいっぱいになります。レオから顔《かお》をそらし、なにも答《こた》えません。となりにいた女《おんな》のひとが、家族《かぞく》の男《おとこ》のひとが入《はい》ってくるなり、飛《と》びあがりました。

「で？　なにかわかったの、あんた？　必要《ひつよう》な要員《よういん》リストに、うちをのこしておけたの？」

だれもが相手《あいて》かまわず、しゃべったり、さけんだりしています。レオはスプーンを下《した》におきました。もう食《た》べる気《き》がしません。

その晩《ばん》、食事《しょくじ》のあと、宿舎《しゅくしゃ》のなかの緊張《きんちょう》はさらに高《たか》まりました。いまにも、なにかが起《お》こりそうです。レオの寝《ね》る時間《じかん》はとっくに過《す》ぎているのに、ママはなにもいいません。

宿舎《しゅくしゃ》のリーダーが共同寝室《きょうどうしんしつ》のドアのよこに立《た》ちました。ドアのむこう側《がわ》には、もうひとつの共同寝室《きょうどうしんしつ》の男《おとこ》のひとたちが集《あつ》まっていて、そのどこかに、パパもいるはずです。だれもなにもいわず、しんと静《しず》まりかえりました。

宿舎《しゅくしゃ》のリーダーが、リストの名前《なまえ》を読《よ》みあげはじめます。

「アウシュヴィッツへ移送《いそう》されるのは、以下《いか》の者《もの》たち――

アーレンズ、リダ
ベンヤミン、ベティ

ベンヤミン、ヘルマン
ベンヤミン、イザク……」
アルファベット順《じゅん》に名字《みょうじ》が呼《よ》ばれるたび、だれかが泣《な》き声《ごえ》や悲鳴《ひめい》をあげます。「うちの名《な》前《まえ》は呼《よ》ばれなかったあ」と、泣《な》きだすひともいました。
ママは手《て》をこすりあわせ、くちびるを噛《か》みながら、ベッドのよこに立《た》っています。

パラッシュ、アブラハム……

そこまできくと、ママは下《した》のベッドに身《み》を投《な》げ、すすり泣《な》きをはじめました。レオはママのよこに体《からだ》をすべりこませ、小声《こごえ》でききます。
「どうして泣《な》くの、ママ？」
「名前《なまえ》が呼《よ》ばれなかったから」ママはレオをしっかりと引《ひ》きよせました。「うちの名前《なまえ》はなかったの」

＊じゃがいもなど、ゆでた野菜をつぶしたオランダの家庭料理

イダの名前《なまえ》が呼《よ》ばれました。イダは、アウシュヴィッツへ行《い》くのです。だまったまま、自分《じぶん》の荷物《にもつ》をシーツのなかにまとめはじめます。手《て》がひどくふるえるせいで、いろんな物《もの》をなんども下《した》に落《お》としながら。クシ、写真《しゃしん》……レオは落《お》とした物《もの》を拾《ひろ》って、イダのシーツに入《い》れてあげました。

宿舎《しゅくしゃ》のあちらでもこちらでも、荷物《にもつ》をまとめるひとたちがいました。泣《な》き声《ごえ》はまだきこえ、ひとりの女《おんな》のひとはずっとお祈《いの》りをつづけています。

すると列車《れっしゃ》が一台《だい》、収容所《しゅうようじょ》のなかに入《はい》ってくる音《おと》がしました。線路《せんろ》があるのは知《し》っていましたが、レオは列車《れっしゃ》のことを考《かんが》えていませんでした。アウシュヴィッツへ行《い》くには、もう一度《いちど》、列車《れっしゃ》に乗《の》るんだ。そう思《おも》うと、背中《せなか》に寒気《さむけ》が走《はし》りました。

その晩《ばん》、レオは、いつも以上《いじょう》に眠《ねむ》れません。おなかのなかの石《いし》のせいでもあるし、静《しず》かにならない夜《よる》のせいでもありました。十一時半《じはん》になっても、まだいろんな声《こえ》や音《おと》がきこえてきました。

夜《よ》が明《あ》けて朝《あさ》の六時《じ》になると、だれもがどっと洗面所《せんめんじょ》へむかいました。でも、いつもとは様子《ようす》がちがっています。わらい声《ごえ》も話《はな》し声《ごえ》もなく、きこえてくるのは、ひそひそとささやく声《こえ》だけでした。

七時《じ》には、宿舎《しゅくしゃ》のリーダーが「出発時間《しゅっぱつじかん》だよ。いそいで！」と、ひとびとを共同寝室《きょうどうしんしつ》から追《お》いだしました。

　アウシュヴィッツへ行《い》くひとたちが、最初《さいしょ》に宿舎《しゅくしゃ》の外《そと》へ出《で》ていきます。コートを何枚《なんまい》も着《き》たうえ、帽子《ぼうし》を何個《なんこ》もかぶり、荷物《にもつ》をかかえ、子《こ》どもと手《て》をつないでいるひともいます。みんな、無言《むごん》のままです。

　リストにのらなかったひとたちは、しばらく宿舎《しゅくしゃ》のなかにいないといけません。でもレオは、外《そと》でなにが起《お》きているのか知《し》っていました。

　大《おお》きな列車《れっしゃ》の怪物《かいぶつ》が、収容所《しゅうようじょ》の真《ま》ん中《なか》にいるんだ。そしてその怪物《かいぶつ》が、名前《なまえ》を呼《よ》ばれたひとたちを飲《の》みこんでいくんだ、と。

リストに名前《なまえ》がのっていたひとたちは、こんなふうに移送《いそう》される

引《ひ》っ越《こ》し

「引《ひ》っ越《こ》しだ」

つぎの日《ひ》の夜《よる》、レオとママがほかのひとたちと長《なが》い机《つくえ》でパンを食《た》べていたとき、パパがいいました。そしてふたりを、さらになにかいいたそうな目《め》で見《み》つめました。

引《ひ》っ越《こ》し！　よかった。いやな夢《ゆめ》は終《お》わるんだ。ぼくたち、家《いえ》に帰《かえ》るのかな？

ふわふわ漂《ただよ》ってしまうぐらい、レオは体《からだ》が軽《かる》くなるのを感《かん》じました。

ジャンヌがどんなにびっくりするだろう！　ほらね、パパが解決方法《かいけつほうほう》を見《み》つけてくれるって、ぼくはちゃんと知《し》ってたんだ。

「どうやって……いつ？」レオは、どこからきいたらいいのか、わかりません。

でも、パパは話《はなし》をまだ終《お》えていなかったので、質問《しつもん》の必要《ひつよう》はありませんでした。

「いまみたいな住《す》まいだと、私《わたし》はしっかり働《はたら》くことができない」と、パパはつづけます。

「夜《よる》も眠《ねむ》れない。スパニエル先生《せんせい》が事情《じじょう》をよく理解《りかい》してくれてね。薬剤師《やくざいし》はいつも頭《あたま》がさえてないといけないし、まちがってはいけないから」

パパの目《め》がきらりと光《ひか》りました。パパはうまくやるために、いいわけをつかったのです。病院《びょういん》の責任者《せきにんしゃ》、スパニエル先生《せんせい》も、確《たし》かにすぐれたいいわけだと思《おも》ってくれたようです。

それからパパは、自分《じぶん》の手《て》をママの手《て》にかさね、真剣《しんけん》な目《め》でママを見《み》つめました。

「宿舎《しゅくしゃ》にいるのが、どんなにつらいかわかるよ、ロット。そして子《こ》どもにとって、これはまともな暮《く》らしじゃない。やれることはぜんぶやってみた。あしたから変《か》わるんだ」

すぐ、あしたから！　レオはうれしくて飛《と》びあがりました。

「ぼく、リュックサックに荷物《にもつ》をつめるよ。おばあちゃんも、いっしょに家《いえ》に帰《かえ》れるの？　おばあちゃんはもう知《し》ってるの？　ぼくが話《はな》してもいいの？」

パパはしばらくだまったままでしたが、かたい表情《ひょうじょう》をしています。

「ちがうんだよ、レオ。私《わたし》たちは、当分《とうぶん》、ヴェステルボルクにいたままだ。ドイツ軍《ぐん》がオランダを支配《しはい》しているかぎり、ここから出《で》てはいけない。だから、せめてできるだけよい生活《せいかつ》ができるようにしないと。それに……」パパはそこで口《くち》をとじました。

でも、パパのいいたいことがレオにはわかっていました。それに、アウシュヴィッツへ移送《いそう》されないようにしないと。そういいたかったのでしょう。

きのう、アウシュヴィッツ行《い》きの列車《れっしゃ》が出発《しゅっぱつ》したあと、レオは学校《がっこう》へ行《い》きました。おおぜいの子《こ》どもたちがいなくなっていて、スピア先生《せんせい》もいませんでした。

「移送《いそう》されたんだ」と、ダニエルがいいます。

ダニエルは……もっといろいろ知《し》っているけれど、相手《あいて》を守《まも》るためにそれを話《はな》したがらない大人《おとな》みたいに見《み》えました。

ダニエルにきこうかどうか、レオはちょっと迷《まよ》いました。ほんとのことを、レオも知《し》りたいのでしょうか？　うん、そうです。

ここヴェステルボルクは、子《こ》どもにさえ、もうなにもかくしておけない場《ば》所《しょ》でした。

「アウシュヴィッツってなんなの、ダニエル？　そこでどうなるの？」

「だれにもわからない」

ダニエルは、レオから目《め》をそらしました。

「東《ひがし》のほうなんだ。ここから遠《とお》くはなれた、ポーランドのほう。でも、アウシュヴィッツへ送《おく》られたひとたちから、便《たよ》りを受《う》けとったひとはいない。だから、あそこには行《い》っちゃいけないって、みんなにわかってるんだ」

そのアウシュヴィッツから、パパは、レオとママを守《まも》ろうとしています。けれども、まえにいた家《いえ》に帰《かえ》るわけにはいかないのです。体《からだ》の軽《かる》くなった感《かん》じが消《き》え、レオはまたどっとつかれをおぼえました。ママにもたれかかり、その肩《かた》に自分《じぶん》のほほをくっつけました。

「だったら、ぼくたち、どこへ引《ひ》っ越《こ》すの？」

「ヴェステルボルクには、小屋《こや》のように区切《くぎ》られた宿舎《しゅくしゃ》もある」と、パパはいいます。「二《ふた》部屋《へや》あって、台所《だいどころ》もついている。うちが引《ひ》っ越《こ》すのはそんな小屋《こや》のひとつだよ。あそこなら、三人《にん》でひと部屋《へや》もらえる。ほかの家族《かぞく》が、同《おな》じ小屋《こや》のもうひと部屋《へや》に住《す》んでいて、台《だい》所《どころ》は共同《きょうどう》だ。まえのわが家《や》みたいに広《ひろ》くはないが、すこしはましだろう」

ママがレオを引《ひ》きよせます。

「よかったじゃない、レオ？　あしたは引《ひ》っ越《こ》しね？」

「じつは、もう今夜《こんや》にでも。きのう、部屋《へや》が空《あ》いたんだ」と、パパはレオのほうを見《み》ないで答《こた》えました。部屋《へや》から出《で》たひとたちがどこにいったのか、レオにはわからないはずだ……パパはきっとそう思《おも》っています。でも、レオにはいやになるぐらい、わかっていました。

誕生日《たんじょうび》

目《め》はつぶったままですが、レオは目《め》をさましていました。赤《あか》のギンガムチェックのカーテンは、朝日《あさひ》をさえぎることができませんし、パパとママはもう動《うご》きはじめています。レオを起《お》こさないよう、ふたりはひそひそ声《ごえ》で話《はな》していましたが、カサカサする紙《かみ》の音《おと》や、木《き》の床《ゆか》を歩《ある》く足音《あしおと》もすこし立《た》てていたのです。

胸《むね》をどきどきさせながら、レオは静《しず》かに寝《ね》ていようとがんばりました。今日《きょう》は一九四三年《ねん》七月《がつ》二五日《にち》、レオの誕生日《たんじょうび》です！　今日《きょう》、ここヴェステルボルクで、レオは八歳《さい》になります。でも、お祝《いわ》いの日《ひ》になるんでしょうか？

ハエがブーンと部屋《へや》を飛《と》んでいきます。人間《にんげん》とはちがって、ハエはヴェステルボルクにいるのが楽《たの》しそうでした。だって、世界《せかい》じゅうのハエがぜんぶ、ここに集《あつ》まる約束《やくそく》をしているようなのです。

パパとママが、レオのベッドにやってきます。目《め》をかたくとじているレオは、興奮《こうふん》のせいで、体《からだ》じゅうがむずむずしています。すると、ふたりが歌《うた》いはじめました。

「お誕生日《たんじょうび》のひとがいるよ、ばんざい《フラー》、ばんざい《フラー》！」

レオはぱっと飛《と》び起《お》き、あたりを見《み》まわしました。古新聞《ふるしんぶん》を切《き》ってつくった紙《かみ》のくさりで、部屋《へや》は飾《かざ》られています。腕組《うでぐ》みした紙《かみ》のこびとがつながっていて、まるで輪《わ》になって踊《おど》っているみたいです。わあ楽《たの》しい！

ママがレオを引《ひ》っぱって立《た》たせると、キスをしました。

「おめでとう、大《だい》すきなレオ。八歳《さい》よ！　八歳《さい》っていえば、もうずいぶん大《おお》きいわ」

去年《きょねん》、パパとママは、レオのベッドのふちに腰《こし》をおろしました。でも、ここでは無理《むり》。レオは、パパとママの折《お》りたたみベッドの足《あし》もとのほうにある、せまい簡易《かんい》ベッドで寝《ね》ているからです。

パパも、レオの両方《りょうほう》のほほにキスをしました。「おめでとう、レオ！」

そしておおげさな身《み》ぶりで、窓《まど》ぎわのテーブルを指《ゆび》さしました。

「プレゼントは、あそこだよ」

レオは、はだしでテーブルのほうへ歩《ある》いていきます。ほんとに、包《つつ》みがいくつもあります。どうやって用意《ようい》したの？　という目《め》で、レオはパパを見《み》ました。

「ネルのおかげだ」と、パパはほほえみました。

誕生日《たんじょうび》のプレゼント。去年《きょねん》と変《か》わらずにもらえるなんて。

去年《きょねん》、レオははじめて、自分《じぶん》で読《よ》む本《ほん》をもらいました。「＊オトとシーン」のお話《はなし》の大型本《おおがたぼん》で、見事《みごと》な絵《え》もついています。その日《ひ》の午後《ごご》、レオは、家《いえ》のうらにある階段《かいだん》にすわって、ジャンヌに本《ほん》を読《よ》んであげました。ジャンヌは息《いき》をのんでレオの語《かた》る話《はなし》をきき、すてきな物語《ものがたり》だと思《おも》ったようでしたが、同時《どうじ》に、レオって字《じ》が読《よ》めるんだ、と感心《かんしん》してくれました。そして、正直《しょうじき》にいえば、レオはそれが自慢《じまん》だったのです……。

「まずこれを」と、ママがいちばん大《おお》きな包《つつ》みを指《ゆび》さします。レオはテーブルのそばのいすにすわって、注意《ちゅうい》しながら包《つつ》みをひらきました。

目《め》に見《み》えるぐらい胸《むね》がどきどきと動《うご》いています。画用紙《がようし》です！　真《ま》っ白《しろ》で、しっかりとした厚《あつ》い紙《かみ》。レオは、その紙《かみ》に手《て》をそっとすべらせてみました。

「すごい！」

パパとママはおたがいの体《からだ》に腕《うで》をまわして、レオを見守《みまも》っています。得意《とくい》そうに、にこにこしながら。

「そっちのスモモは、ネルが送《おく》ってくれたんだ。そしてこっちの包《つつ》みもネルから」と、パパがいいます。

ボードゲーム！　レオよりも大《おお》きな男《おとこ》の子《こ》たちがするやつです。レオはつばを飲《の》みました。やったあ！　レオはスモモをそっとひとくちかじり、口《くち》のなかで果実《かじつ》をゆっくり味《あじ》わいました。

「さあ、こんどはこっちの小《ちい》さい包《つつ》みだ」と、パパ。

レオはあけながら、中身《なかみ》がなにか、もう手《て》ざわりでわかりました。けれども、なにもいいません。そして見《み》たとたん、声《こえ》をあげました。

「えんぴつだ！」

黒《くろ》い芯《しん》のえんぴつでした。レオは家《いえ》から色《いろ》えんぴつしか持《も》ってこなかったし、ふつうの

＊男《おとこ》の子《こ》のオトと女《おんな》の子《こ》のシーンが主人公《しゅじんこう》の、二十世紀《せいき》前半《ぜんはん》に書《か》かれた物語《ものがたり》。文《ぶん》はヒンデリクス・スケープストラ、絵《え》はコルネリス・イェツェス

えんぴつは、ものすごく便利《べんり》なのです。

「ありがとう」レオは立《た》ちあがって、パパとママにキスをしました。

仕切《しき》りのドアをたたく音《おと》がします。そしてホーフストラール夫人《ふじん》が、ドアのかげから顔《かお》を出《だ》しました。「わたしたちも、お誕生日《たんじょうび》のひとをお祝《いわ》いしていいかしら?」

ママが返事《へんじ》をするまえに、ホーフストラール一家《いっか》が、はずむように部屋《へや》に入《はい》ってきました。両親《りょうしん》と五人《にん》の子《こ》どもたちです。レオと同《おな》じ小屋《こや》のとなりの部屋《へや》に、家族全員《かぞくぜんいん》で住《す》んでいます。長男《ちょうなん》のベンは、レオより二つ年上《としうえ》で、すぐ下《した》がブラム。ロースはレオと同《おな》い年《どし》、双子《ふたご》のベッチェとヤコブは六歳《さい》でした。

レオはそこらじゅうにキスをされ、頭《あたま》をなでられ、「おめでとう」をいわれました。

「あたしたちのつくったものを、見《み》て」と、ベッチェがいいます。そしてレオを共同《きょうどう》の台所《だいどころ》に引《ひ》っぱっていきます。

「ケーキだ!」

レオの口《くち》のなかにつばがわいてきました。台所《だいどころ》には、なんと、小《ちい》さなケーキがあったのです。

「土台《どだい》はビスケットなんだよ」ベッチェはくちびるをなめながら説明《せつめい》しました。「レオがひとりでぜんぶ食《た》べていいの」そういいながら、ベッチェは手《て》で、ケーキの上《うえ》のハエを追《お》いはらっています。

「*朝《あさ》の点呼《てんこ》のあと、遊《あそ》び場《ば》にいっしょに行《い》かない？」と、ロースにさそわれ、レオはにっこりしました。

「うん」と、レオ。今日《きょう》は日曜日《にちようび》なので学校《がっこう》はありません。

「行《い》ってもいいでしょ、母《かあ》さん？」

「大《おお》きな男《おとこ》の子《こ》は、ママじゃなくて、母《かあ》さんって呼《よ》ぶのね？」

ママはほほえみ、それからうなずきました。

「おばあちゃんが午後《ごご》にくるから、先《さき》に遊《あそ》び場《ば》に行《い》ってらっしゃい」

そのとき、楽《たの》しい一日《いちにち》に、ほんのすこし暗《くら》い影《かげ》が差《さ》しました。だって、毎年《まいとし》、レオの誕《たん》生日《じょうび》を祝《いわ》ってくれたおじいちゃんが、今年《ことし》はもういないのです。

まえの年《とし》の冬《ふゆ》、だいぶおくれて、ようやくヴェステルボルクに到着《とうちゃく》したおじいちゃんは、体《からだ》がぼろぼろになっていました。ドイツ軍《ぐん》は、シナゴーグの貴重《きちょう》な銀製品《ぎんせいひん》がどこにあるか

＊ヴェステルボルクに収容《しゅうよう》されたすべてのひとは、朝晩《あさばん》、集合《しゅうごう》させられ人数《にんずう》を確《たし》かめられた

つきとめようと、おじいちゃんを尋問《じんもん》したのです。そして、話《はな》さなかったおじいちゃんをなぐりました。あんまりひどくなぐったので、ヴェステルボルクに着《つ》いたとき、すぐに入《にゅう》院《いん》が必要《ひつよう》だったほどでした。おじいちゃんは到着《とうちゃく》してまもなく、この世《よ》を去《さ》りました。

遊《あそ》び場《ば》は、ブランコと、鉄棒《てつぼう》、シーソー、それに砂場《すなば》がひとつあるところです。ブランコはたいていつかえません。だって、恋人同士《こいびとどうし》がよくそこにすわって、キスをしているからです。今日《きょう》もそうでした。レオはロースとならんで、砂《すな》だらけの地面《じめん》をしかたなくぶらぶら歩《ある》くだけでした。

「ねえ、これからなにする?」と、ロースがききます。新《あたら》しくもらった画用紙《がようし》で、レオはできれば絵《え》がかきたいのです。ひとりっきりで。でも、そんなことをいったら、ロースが気《き》を悪《わる》くするでしょう。ロースはレオの誕生日《たんじょうび》を祝《いわ》おうと、がんばっているのですから。

するとベンが遠《とお》くから走《はし》ってきました。

「ロース、レオ! もうきいた? 死《し》んだハエを管理棟《かんりとう》に届《とど》けたひとは、ごほうびがもらえるんだって! ブラムとおれはハエを捕《つか》まえにいく。いっしょにやらない?」

「うん!」ロースは、くるりとふりむきました。「レオも行《い》くでしょ?」

レオは首《くび》をよこにふります。

「ううん、行《い》ってきて。ぼくはあとから行《い》くよ」

レオは、ホーフストラール家《け》の子《こ》どもたちが走《はし》り去《さ》るのを待《ま》ち、あとをゆっくり歩《ある》いていきました。これで絵《え》がかける、と思《おも》いながら。

ヴェステルボルクの遊《あそ》び場《ば》は、あまり気《き》ばらしにはならなかった

美《うつく》しいもの

つぎの日《ひ》は、ホーフストラール一家《いっか》の部屋《へや》が学校《がっこう》でした。生徒《せいと》はぜんぶで十五人《にん》、先週《せんしゅう》も子《こ》どもたちがたくさん移送《いそう》され、同《おな》じように大部分《だいぶぶん》の先生《せんせい》たちも移送《いそう》されたのです。

ホーフストラール夫人《ふじん》は、残《のこ》った子《こ》どもたちを相手《あいて》に授業《じゅぎょう》のできる先生《せんせい》を探《さが》しました。

そして見《み》つかったのが……レヴィ先生《せんせい》でした。

レヴィ先生《せんせい》はやさしくて、ママより年上《としうえ》で、じつは資格《しかく》のある先生《せんせい》ではありません。でも、ホーフストラール夫人《ふじん》によれば、子《こ》どもたちにいろんなお話《はなし》ができるそうです。

「今日《きょう》は、おみやげをつくりましょう。ヴェステルボルクの思《おも》い出《で》に」

そしてレヴィ先生《せんせい》は、すごくうれしそうに厚紙《あつがみ》を一枚《まい》、取《と》りだしました。

「この紙《かみ》をなんとか手《て》に入《い》れたのよ」

おみやげ?!　レオがこっそりよこ目《め》でロースを見《み》つめると、「なにいってるの」というように、眉毛《まゆげ》をつりあげていいます。レヴィ先生《せんせい》はヴェステルボルクにきて、まだ日《ひ》が浅《あさ》く、ここのことがよくわかっていないのです。

「みなさん全員《ぜんいん》で、順番《じゅんばん》に、厚紙《あつがみ》の上《うえ》になにかの形《かたち》をかいてもらいます。それから、わたしがその形《かたち》を切《き》りぬくので、みなさんは色《いろ》をぬったりしてください」と、先生《せんせい》はいいました。

レオは花《はな》の絵《え》をかき、自分《じぶん》の絵《え》が切《き》りぬかれるまで順番《じゅんばん》を待《ま》ちました。そのあいだ、外《そと》

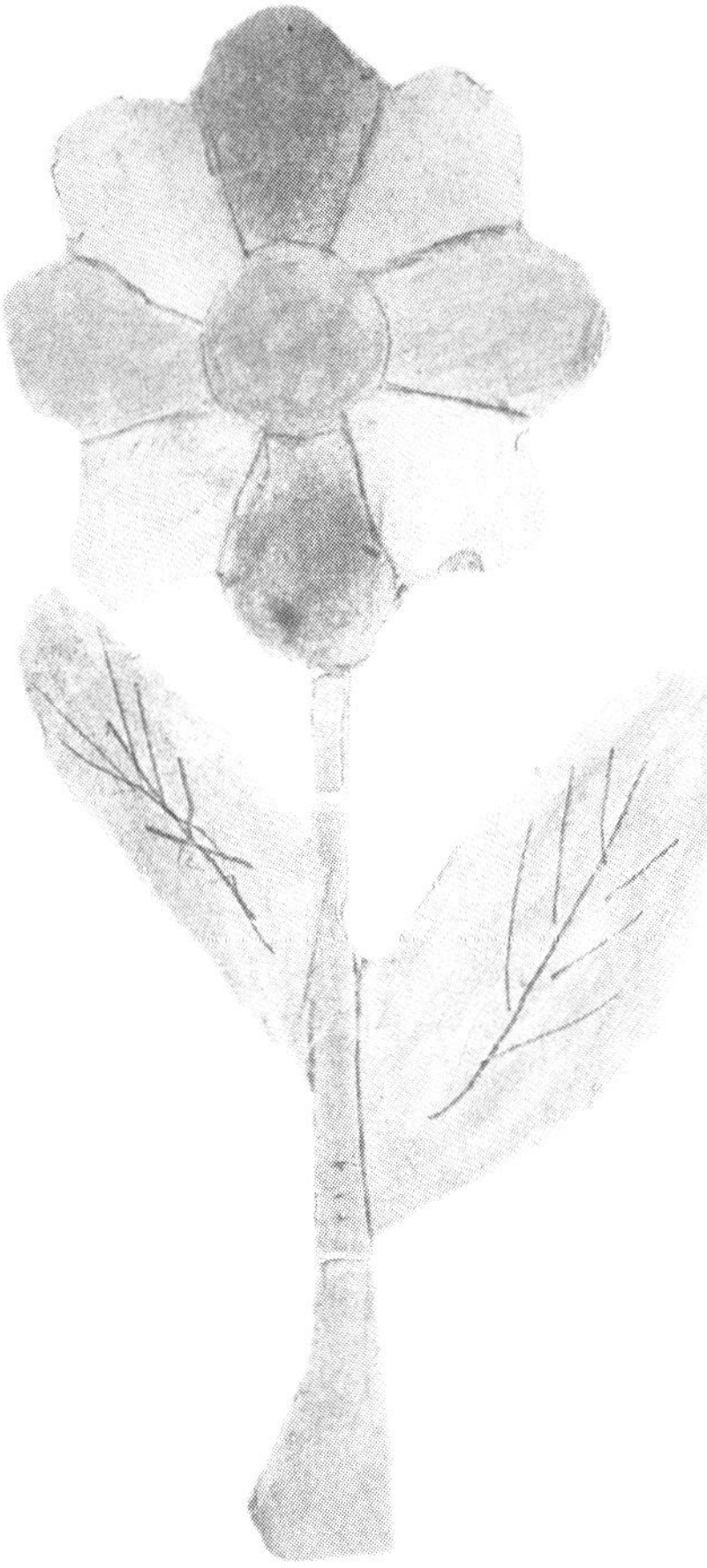

レオがヴェステルボルクでつくった花《はな》

を見《み》つめていました。しばらくいい天気《てんき》がつづいています。家《いえ》にいたら、レオは川沿《かわぞ》いをぶらぶらしながら、船《ふね》をながめていたでしょう。

あっちはどうなんだろう？　毎日《まいにち》がふつうにつづいているのかな？　まるでぼくがあそこに住《す》んでたことなんか、なかったみたいに？

仕事《しごと》のために収容所《しゅうようじょ》を出《で》ることがゆるされているパパは、ネルと話《はなし》をすることがありました。

ネルはいま、アムステルダムの「医薬品《いやくひん》・医療品中央倉庫《いりょうひんちゅうおうそうこ》」で働《はたら》いているそうです。パパもそこへ、ときどき出《で》かけていきます。ズワインドレヒトの薬局《やっきょく》は、パパとネルがいなくなったので、パパがいたころとはちがってしまいました。でもネルによると、いまはユダヤ人《じん》ではない薬剤師《やくざいし》がいるだけで、あとは同《おな》じだという話《はなし》です。

「外《そと》へ出《で》ちゃいけませんか、先生《せんせい》？」と、ロースがとっておきの声《こえ》を出《だ》しました。「まえの先生《せんせい》は、ときどき柵《さく》のむこうの荒地《あれち》に行《い》くのをゆるしてくれて、あたしたち、そこで遊《あそ》べたんです。外《そと》で遊《あそ》ぶのは健康的《けんこうてき》だし」

レヴィ先生《せんせい》は、ありえないというように、みんなの顔《かお》から顔《かお》へ目《め》をうつしています。

「ほんとなの？　ゆるされるものかしら？」

レオがうなずきました。

「ロースのいうとおりです、先生《せんせい》。前回《ぜんかい》は、みんなでボール遊《あそ》びをしました」

何日《なんにち》かあとには、ほんとにそうなりました。レヴィ先生《せんせい》がうまくやって、みんなで収容《しゅうよう》所《じょ》の外《そと》の荒地《あれち》に行《い》くことがゆるされたのです。レオたちだけではなく、外仕事《そとしごと》をするひとたちも鉄条網《てつじょうもう》の柵《さく》のむこうへ出《で》ることがゆるされていて、収容所《しゅうようじょ》の持《も》っている畑《はたけ》や、地域《ちいき》の農家《のうか》などで働《はたら》いていました。

「最初《さいしょ》は、学習散歩《がくしゅうさんぽ》をしましょう」と、レヴィ先生《せんせい》。先生《せんせい》は今回《こんかい》の外出《がいしゅつ》について、よく考《かんが》えてきたようです。「まわりの植物《しょくぶつ》や動物《どうぶつ》を観察《かんさつ》しましょう。そして最後《さいご》の三十分《ぷん》は、みんなでサッカーをします」先生《せんせい》は、得意《とくい》そうな顔《かお》でボールを高《たか》くかかげました。

「ほら、こんなものを見《み》つけたのよ」

「よーし！　サッカーだ！」

ほかの子《こ》たちはレヴィ先生《せんせい》のそばを静《しず》かに歩《ある》いて、収容所《しゅうようじょ》の外《そと》へ出《で》ていくのに、ベンとブラムはみんなのよこを子犬《こいぬ》みたいに行《い》ったりきたりして走《はし》っています。ベッチェは、先《せん》生《せい》と手《て》をつないでいました。

見《み》るべき植物《しょくぶつ》はたいしてありませんが、レヴィ先生《せんせい》はものすごくがんばっています。目《め》にふれればどんな虫《むし》でも、みんなで腰《こし》をかがめて観察《かんさつ》しました。

「虫《むし》を殺《ころ》そう。そしたらこの遠足《えんそく》でもすこし稼《かせ》げるぞ」と、ベンが提案《ていあん》します。

レヴィ先生《せんせい》は、ふるえあがってベンを見《み》つめました。

「自然《しぜん》を破壊《はかい》しちゃいけません！　気《き》は確《たし》かなの？」

ベンはにやっとわらい、レオにむかってウィンクしました。先生《せんせい》は、ハエ取《と》り競争《きょうそう》のことを、まだきいていないのでしょう。

レオはサッカーがあまりすきじゃありませんが、柵《さく》のむこうに出《で》るのはいい気持《きも》ちでした。お昼休《ひるやす》みのまえに、みんなはまた収容所《しゅうようじょ》のほうへもどり、外仕事《そとしごと》をするひとたちと合《ごう》流《りゅう》しました。野外《やがい》で働《はたら》くせいでよく日焼《ひや》けした、若《わか》い男《おとこ》のひとや女《おんな》のひとたちです。何人《なんにん》かの女《おんな》のひとたちは、腕《うで》いっぱいに黄色《きいろ》いルピナスの花《はな》をかかえていました。

「まあきれい！」ロースはさけんで、女《おんな》のひとたちのほうへ走《はし》っていきます。ひとりがわらって、ロースにルピナスを何本《なんぼん》かくれました。

「あなたの宿舎《しゅくしゃ》で、水《みず》につけてあげて。そしたらわたしたち、ヴェステルボルクでも美《うつく》しいものを持《も》てるから」

レオもそうしたくなりました。うん、ルピナスを部屋《へや》に飾《かざ》ろう。家《いえ》でやってたのと同《おな》じように。家《いえ》ではママが、きれいな花《はな》で花《か》びんをいっぱいにしてたもの。

レオはおずおずと、女《おんな》のひとたちのほうへ歩《ある》いていきます。

「あなたもほしいの？」別《べつ》のひとがいい、「はい」と、レオの手《て》に花束《はなたば》をわたしてくれました。そして女《おんな》のひとたちは、ルピナスを腕《うで》にかかえたまま、収容所《しゅうようじょ》のなかにまた入《はい》っていきます。

「待《ま》って！」ひとりの青年《せいねん》が、みんなを呼《よ》びとめました。手《て》に持《も》ったスケッチブックをふっています。

「時間《じかん》がないの！　待《ま》ってたら、食《た》べる物《もの》がなくなってしまうわ」と、外仕事《そとしごと》のひとたちは通《とお》りすぎました。

「歩《ある》きつづけて、みなさん。わたしたちも食事《しょくじ》に間《ま》に合《あ》うようにしないと」

レヴィ先生《せんせい》もいいました。

ブラムとベンは、自分《じぶん》たちの小屋《こや》をめざしてまっさきに走《はし》っていますが、レオは立《た》ちどまりました。

「どうして、ぼくたちに待《ま》ってほしいの？」と、レオはききます。

やさしそうな顔《かお》をした青年《せいねん》です。うしろになでつけた黒《くろ》っぽい巻《ま》き毛《げ》が、すき勝手《かって》にはねています。

「花《はな》の絵《え》をかきたくて、というか、腕《うで》にルピナスをだいたみんなが、もどってくるところをかきたくて。じつにすばらしい光景《こうけい》だった」

「見《み》てもいい？」レオはずかしそうな顔《かお》で、スケッチブックに目《め》をやりました。「ぼくも絵《え》をかくのがすきなんだ」

青年《せいねん》はレオにスケッチブックをわたし、レオはページを一枚《まい》ずつ、注意深《ちゅういぶか》くめくりました。わあ、すごい！　自画像《じがぞう》もありましたが、ヴェステルボルクでしか見《み》られない物《もの》の絵《え》もあります。たとえば、見張《みは》りたちの絵《え》とか、宿舎《しゅくしゃ》のなかの共同寝室《きょうどうしんしつ》の絵《え》とか。

「きみの名前《なまえ》は？」青年《せいねん》がききます。

「レオ・メイエルです」レオは答《こた》えながら、絵《え》を見《み》つめつづけています。

「そりゃ、おもしろい。ぼくもレオで……レオ・コックというんだ。ぼくは絵《え》をかくことを仕事《しごと》にしている。たとえば、ここヴェステルボルクで演《えん》じられるレヴューの舞台装置《ぶたいそうち》は、ぜんぶぼくがつくってるよ」

「レヴュー」というのは音楽《おんがく》や芝居《しばい》、ダンスなどの出《だ》し物《もの》を集《あつ》めた大人《おとな》のための舞台《ぶたい》で、毎週火曜日《まいしゅうかようび》、ヴェステルボルクで上演《じょうえん》されていました。その舞台装置《ぶたいそうち》をまかされていて、しかも、それが自分《じぶん》の仕事《しごと》だなんて！

レオはスケッチブックを下《した》におろすと、信《しん》じられないという顔《かお》で、大《おお》きなレオを見《み》つめました。

「絵《え》をかくことを、仕事《しごと》にできるんですか？」

大《おお》きなレオはわらいだします。

「ああ、もちろん。もしきみも仕事《しごと》にしたいなら、うんと練習《れんしゅう》しないといけないが。あそこに、スコップを持《も》って立《た》つ男《おとこ》のひとが見《み》えるだろ？　よく見《み》て」

大《おお》きなレオはすこしのあいだ、えんぴつを宙《ちゅう》でとめると、片目《かため》をつぶりながらえんぴつのむこうの男《おとこ》のひとに目《め》をむけます。そして、紙《かみ》に何本《なんぼん》か線《せん》を引《ひ》きました。

「ごらん、これがあのひとの体《からだ》だ……これが脚《あし》、そしてこれが腕《うで》……」大《おお》きなレオは、その上《うえ》に小《ちい》さな丸《まる》をひとつかきます。「そしてこれが頭《あたま》。よく見《み》ることが大切《たいせつ》だ。えんぴつをつかって、ぼくはあのひとの大《おお》きさを遠《とお》くからはかる。そうすれば、比率《ひりつ》が正《ただ》しいかどうか、見《み》てとれるんだ。わかるかい？」

「はい」と、レオ。どう答《こた》えたらいいんでしょう。レオは大《おお》きなレオにむかって、ほほえむことしかできません。そうするあいだも、すべてがぶくぶくと泡立つようでした。　頭《あたま》のなかも、おなかのなかも……絵《え》をかくことを仕事《しごと》にする。レオもそうしたいのです。

大《おお》きなレオはほほえみをかえし、握手《あくしゅ》をしてくれました。

「きみと話《はなし》ができてよかったよ、画家《がか》くん」

大《おお》きなレオからのアドバイス

つぎの週《しゅう》、レオはひまさえあれば、絵《え》をかきました。そして、そんな時間《じかん》はずいぶんあったのです。学校《がっこう》が大《おお》きかったころとはちがって、レヴィ先生《せんせい》の授業《じゅぎょう》は一日《いちにち》じゅうではありません。レオが、時間《じかん》を自分《じぶん》でうめる方法《ほうほう》を見《み》つけたことを、先生《せんせい》もよろこんでいました。そのあいだ、先生《せんせい》はヤコブとベッチェに、字《じ》の読《よ》み方《かた》を教《おし》えられるからです。

大《おお》きなレオが手本《てほん》を見《み》せてくれたみたいに、レオもいろんなものを線《せん》でかきました。つかうのは、誕生日《たんじょうび》にもらった新《あたら》しい黒《くろ》えんぴつです。けれども、あちこちながめにいくと、いろんな話《はなし》がきこえてきました。

月曜日《げつようび》、レオはパパが働《はたら》いている病院《びょういん》に、絵《え》をかきにいきました。病院《びょういん》にはお医者《いしゃ》さんがいて、心臓《しんぞう》の音《おと》をきくことができる道具《どうぐ》を首《くび》にぶらさげています。レオはえんぴつを宙《ちゅう》にうかせて、そのお医者《いしゃ》さんの大《おお》きさをはかりました。するとそのひとは、大《おお》きなレオと同《おな》じように、ウィンクしてくれました。

うしろでは、ふたりの男《おとこ》のひとがずっと立《た》ち話《ばなし》をしています。

「私《わたし》はもう何週間《なんしゅうかん》も、永久免除《えいきゅうめんじょ》してもらおうとやってみてる。だが、うまくいかないんだ。やつによれば、私《わたし》が医者《いしゃ》だろうが、そうでなかろうが、まったく関係《かんけい》がないって。あいつがなんていったかわかるか？『これ以上《いじょう》ガタガタいうなら、おれが個人的《こじんてき》にあんたを移《い》送《そう》リストにのせてやろう』そう

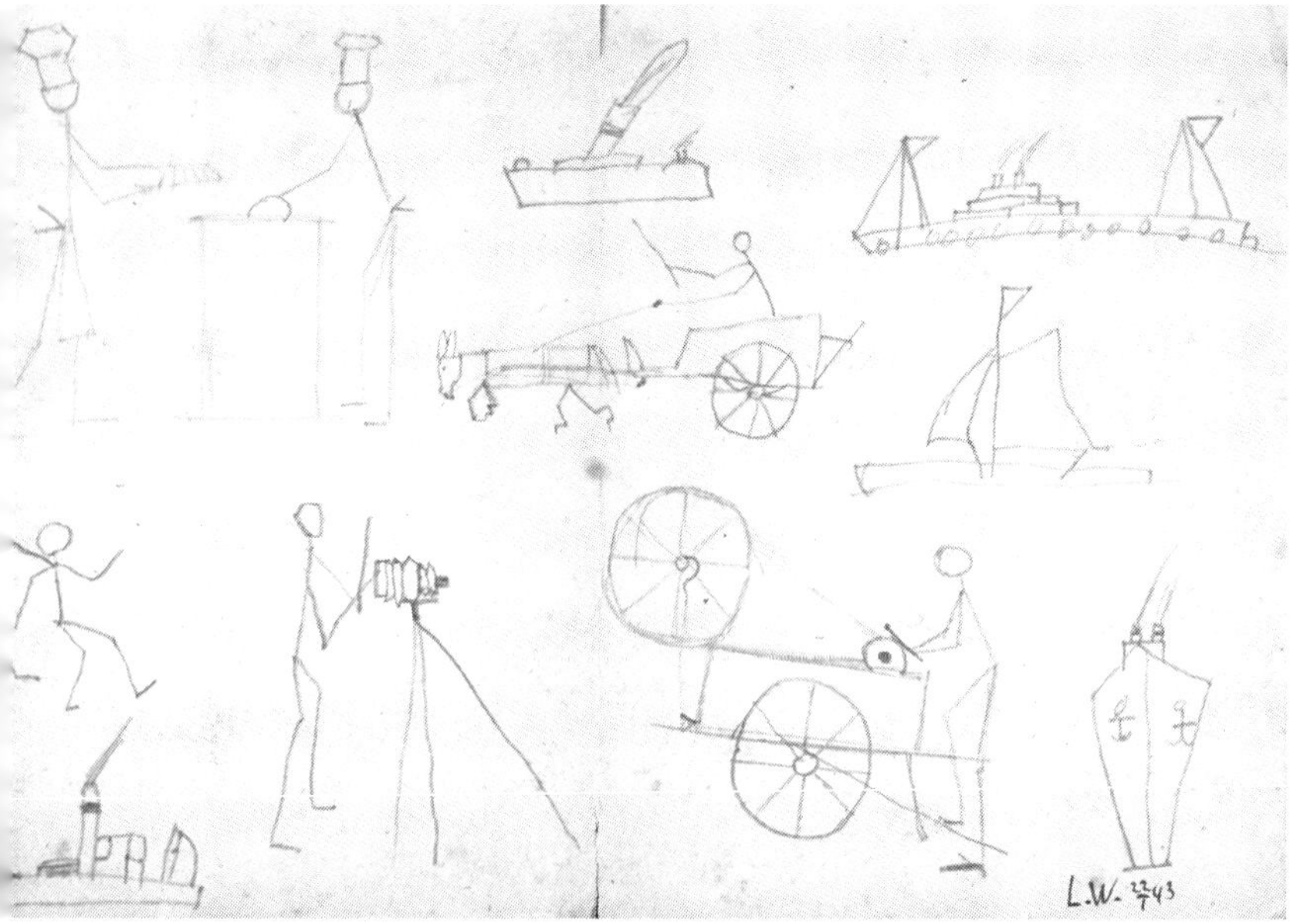

レオはいろんなものを線《せん》でかいた。大《おお》きなレオが手本《てほん》を見《み》せてくれたとおりに

いったんだよ」

レオは、くるっとうしろをふりかえりました。話《はなし》をしているひとたちは白衣《はくい》を着《き》ています。本物《ほんもの》のお医者《いしゃ》さんです！　お医者《いしゃ》さんは「移送《いそう》」されないですむはずじゃ？　もしそうじゃなかったら、パパだって移送《いそう》されることがあるかも。ママやぼくも……。

汗《あせ》がふきだします。手《て》がぶるぶるふるえ、これ以上《いじょう》絵《え》をかくのは無理《むり》でした。ズボンのポケットにえんぴつをしまって、レオは病院《びょういん》をはなれます。管理棟《かんりとう》を通《とお》りかかると、そこでもふたりのひとが、あしたの移送《いそう》について話《はな》していました。

ぼくはばかだ。どうして、なんにもないみたいにしていられたんだろう？　レオの胃《い》がきゅっと縮《ちぢ》まって、口《くち》のなかがすっぱくなりました。歩《ある》く足《あし》はどんどん速《はや》まり、頭《あたま》がずきずきしてきました。

「やあ、レオ！」ききおぼえのある声《こえ》、大《おお》きなレオの声《こえ》です。

小《ちい》さなレオはふりかえりました。

大《おお》きなレオはすぐそばを歩《ある》きはじめ、レオの肩《かた》にやさしく手《て》をかけました。

「絵《え》をかいているのが見《み》えたけど、きゅうに走《はし》りだしたね。どうしたんだい？」

レオは肩《かた》をすくめました。

「移送《いそう》のこと。みんな、その話《はなし》をしてる。このごろは考《かんが》えないですんでたのに。ぼく、思《おも》ってたんだ。病院《びょういん》で働《はたら》いてるパパは、すごく必要《ひつよう》とされてる。だからうちは行《い》かなくていいって。けど、そうじゃなかった。お医者《いしゃ》さんたちだって移送《いそう》されるんだ」

その先《さき》は大《おお》きなレオが、かわりにこういってくれました。

「それできみは、ヴェステルボルクがどんなにいやな場《ば》所《しょ》か、とつぜんまた気《き》がついたんだね。うまく頭《あたま》の外《そと》にしめだせていたのに。どんな気《き》持《も》ちか、ぼくにもわかるよ。そしてたぶんきみは、最近《さいきん》あったいやなことをぜんぶ、思《おも》い出《だ》してるんだ」

「うん。いなくなったクラスの友《とも》だちのこととか。おじいちゃんは一月《がつ》に死《し》んじゃったしおばあちゃんもまだ大《おお》きな宿舎《しゅくしゃ》に住《す》んでて……」

そう口《くち》に出《だ》すことができて、レオはすこし気《き》が楽《らく》になりました。パパやママとは、こんな話《はなし》をしません。パパやママは、レオはまだ子《こ》どもだからと、話《はなし》をさけていたのです。でも大《おお》きなレオは、子《こ》どもも大人《おとな》とまったく同《おな》じなやみを持《も》つものだと、わかっていました。

「いまいましいが、ぼくらに多《おお》くは変《か》えられない。どうしようもない状況《じょうきょう》がそこにある。耐《た》えられなくなったとき、ぼくがどうするか知《し》ってるかい？　ヴェステルボルクにくるまえの生活《せいかつ》から、なにかすてきなものを思《おも》い返《かえ》すんだ。そんなとき、ぼくは両目《りょうめ》をつぶって、目《め》のまえに思《おも》いうかべられるよう、できるだけがんばってみる。それがどんな形《かたち》、どんなにおいで、どんな感《かん》じだったか……そして、はっきりつかめたら、目《め》をまたあけてその絵《え》をかく。きみもやってごらん」

レオは立《た》ちどまり、深呼吸《しんこきゅう》をします。ふーっと息《いき》をはいて、いやな気持《きも》ちを追《お》いはらおうとしたのです。

「うん、やってみる」

大《おお》きなレオは、レオの肩《かた》をぽんとたたきました。

「がんばるんだ。じゃあ、また」

レオは、大《おお》きなレオを見送《みおく》ります。両手《りょうて》をポケットに入《い》れ、のんびり歩《ある》いていくその頭《あたま》の上《うえ》で、巻《ま》き毛《げ》がゆれていました。

いいひとだなあ。それに、たぶん、大《おお》きなレオのいうとおりだ。

レオは自分《じぶん》の小屋《こや》に帰《かえ》りました。そこなら、いやな話《はなし》もあまりきかないですみます。

昼食《ちゅうしょく》のあと、レオはテーブルのまえにすわり、両目《りょうめ》をしっかりとじました。以前《いぜん》に見《み》た、なにかすてきなもの。なにかおもしろいもの……。すると、とつぜん思《おも》い出《だ》しました。町《まち》のマース広場《ひろば》のサーカスです。あの広場《ひろば》ではなんどか、サーカスがひらかれたことがありました。そして最後《さいご》に見《み》にいったときのことを、レオはまだよくおぼえていたのです。

自分《じぶん》の家《いえ》のうらに張《は》られたテントがどんなだったか、目《め》のまえに思《おも》いうかべます。

大《おお》きな白《しろ》いテントがひとつ、小《ちい》さな青《あお》いテントがいくつか。テントのてっぺんには、風《かぜ》にはためく三角旗《さんかくき》。家《いえ》のいちばん近《ちか》くにあったのは、大《おお》きなテント。そのテントはすごくたくさんのロープで地面《じめん》に固定《こてい》されていて、風《かぜ》に吹《ふ》かれると、大《おお》きなロープがパチパチ音《おと》を立《た》てていました。

でもいちばんすてきだったのは、もちろん、ゾウ。ゾウが何頭《なんとう》も広場《ひろば》に立《た》っていたのです。干《ほ》し草《くさ》の山《やま》を口《くち》におしこもうと、鼻《はな》を動《うご》かしていました。

「レオはサーカスに行《い》ったことある?」

ジャンヌは、ときどきゾウにうっとりと目《め》をやりながら、そうレオに質問《しつもん》しました。

「うん、ジャンヌはないの?」

ジャンヌは残念《ざんねん》そうに肩《かた》をすくめました。

「うちの母《かあ》さんが、罪深《つみぶか》いっていうの。キリスト教徒《きょうと》はサーカスには行《い》きませんって。ユダヤ教《きょう》のひとは行《い》くの？」

戦争《せんそう》になったあとドイツ軍《ぐん》に禁止《きんし》されましたが、そのままでは、サーカスにはふつうに行《い》けたのです。あのとき見《み》たサーカスのことは、いまでもはっきりおぼえています。

レオはまた両目《りょうめ》をあけました。

うん、あの絵《え》をかこう。あのサーカスを。そしてかけた絵《え》をネルに送《おく》ろう。

＊多《おお》くのキリスト教徒《きょうと》はサーカスを見《み》にいくが、ジャンヌの家《いえ》は、サーカスに行《い》くことを禁《きん》じる改革派《かいかくは》教会《きょうかい》に属《ぞく》しているため

戦争《せんそう》がはじまるまえに見《み》たものとして、レオはサーカスの絵《え》をかいた

聖《せい》ニコラスの手《て》

寒《さむ》い日《ひ》がつづきます。小屋《こや》じゅうのすきまに風《かぜ》が吹《ふ》きつけ、あちこちから砂《すな》が入《はい》りこみます。ヴェステルボルクで冬《ふゆ》を過《す》ごすのは、これで二回目《かいめ》。レオはセーターの上《うえ》にコートを着《き》こんで、ママといっしょにストーブのまえにすわっていました。

手《て》には、ネルが送《おく》ってくれた絵《え》ハガキの束《たば》を持《も》っています。絵《え》ハガキは、外《そと》にはまだ別《べつ》の世界《せかい》があることの証拠《しょうこ》でした。なんどながめたかわかりませんが、レオはもう一度《いちど》、見《み》ています。ネルが最後《さいご》に送《おく》ってくれた絵《え》ハガキには、男《おとこ》の子《こ》と握手《あくしゅ》する聖《せい》ニコラスがいました。

「もしかしたら、聖《せい》ニコラスは今年《ことし》、あなたにも握手《あくしゅ》してくれるかも」と、ネルは書《か》いています。やさしい言葉《ことば》。でも、もちろん無理《むり》でしょう。毎年《まいとし》、十二月五日《がついつか》には聖《せい》ニコラスがプレゼントを持《も》ってきてくれたのに、去年《きょねん》はひっそりと過《す》ぎてしまいました。レオは目《め》が痛《いた》くなるほど、絵《え》ハガキの絵《え》をじっと見《み》つめました。しかたがないのです。ヴェステルボルクではいろんな病気《びょうき》がはやり、パパも寝《ね》こんでいます。そのこともレオの頭《あたま》からはなれません。何枚《なんまい》も毛布《もうふ》をかけて、ベッドにもぐりこんでいるパパ。病院《びょういん》がいっぱいになりすぎたから、うちにいるのでしょうか？　病気《びょうき》のせいで学校《がっこう》はお休《やす》みとなり、どのくらいの期間《きかん》かわかりませんが、「移送《いそう》」も、とめられました。

移送《いそう》がなくなったのはありがたいけれど、パパの具合《ぐあい》はどうなのでしょう？　病気《びょうき》はどのくらい重《おも》いのでしょう？

「なあに、すぐによくなるさ。そしたら学校《がっこう》がはじまるまで、授業《じゅぎょう》をしてあげよう」と、パパはいいますが、その言葉《ことば》を信《しん》じていいのかわかりません。レオはもう一度《いちど》、毛布《もうふ》の下《した》の、ふくらんだ部分《ぶぶん》を見《み》つめました。パパの激《はげ》しいせきがきこえるたび、そのふくらみが上下《じょうげ》に動《うご》きました。

おじいちゃんのときも、「きっとよくなる」と、パパとママはいっていました。レオが移《い》送《そう》について知《し》っていることも、ふたりからきいたわけではありません。ふたりはレオを守《まも》っているのです。なのにそのママが、いまはうつろな目《め》でまえを見《み》つめています。なにを考《かんが》えているのでしょう？　レオの知《し》らないどんなことを知《し》っているのでしょう？

トントン、とドアをたたく音《おと》。今日《きょう》、小屋《こや》のとなりの部屋《へや》に、夫婦《ふうふ》で引《ひ》っ越《こ》してきたばかりのホルトシュミット夫人《ふじん》です。ドアのすみから、夫人《ふじん》が顔《かお》を出《だ》しました。

「いい知《し》らせがありますよ！」そういって、レオにうなずきかけます。「聖《せい》ニコラスがヴェステルボルクを訪問《ほうもん》するって、ききましたよ。十二月五日《がついつか》、宿舎《しゅくしゃ》六十六号《ごう》にくるんですって」

聖《せい》ニコラス？　ホルトシュミット夫人《ふじん》がドアをしめると、レオは信《しん》じられないという顔《かお》でママを見《み》ました。

「本当《ほんとう》よ。まえにそんなお知《し》らせを受《う》けとったもの。レオ、すこし早《はや》いけど、今夜《こんや》は聖《せい》ニコラスのために靴《くつ》を用意《ようい》しておいたら」

頭《あたま》のなかのとびらが、ぱっとひらいたようです。いままで経験《けいけん》した聖《せい》ニコラス祭《さい》が、レオの頭《あたま》のなかで、転《ころ》がりあうようにつぎつぎとよみがえってきました。ズワインドレヒトの家《いえ》の居間《いま》、くしゃくしゃになった包《つつ》み紙《がみ》の山《やま》。学校《がっこう》の教室《きょうしつ》にあらわれたズワルト・ピートたち。あたたかいココアやスペキュラース*のにおい。ペパーノーテンの味《あじ》。

＊香辛料《こうしんりょう》の効《き》いたクッキーで、聖《せい》ニコラスにちなんだ型《かた》がおされていることが多《おお》い

レオはうれしくて、飛《と》びあがりました。

「ぼく、聖《せい》ニコラスに絵《え》をかくよ。ライ麦《むぎ》パンをぜんぶ食《た》べないでおいてよかった。聖《せい》ニコラスの馬《うま》にあげられるように、ぼくの靴《くつ》に入《い》れておくね」

聖《せい》ニコラスは、ヴェステルボルクにいる子《こ》どものことも、忘《わす》れていなかったのです。レオの心《こころ》はきゅうに軽《かる》くなりました。

絵《え》をかき終《お》わると、「ママ、いっしょに聖《せい》ニコラスの歌《うた》をうたわない？」と、いってみました。そしてストーブのそばに靴《くつ》をかたほうおくと、煙突《えんとつ》につながるストーブのとびらを、すこし大《おお》きめにあけました。

「こうすれば、屋根《やね》の上《うえ》の聖《せい》ニコラスにもよくきこえるはずだよ」

つぎの朝《あさ》、レオはふだんより早《はや》く目《め》をさまして、心臓《しんぞう》をどきどきさせながら、ベッドによこになっていました。聖《せい》ニコラスは、*もうきてくれたかな？　レオには想像《そうぞう》できません。ヴェステルボルクに住《す》むようになってから、レオは眠《ねむ》りがあさくなっていました。近《ちか》くに住《す》むひとの数《かず》は、大《おお》きな宿舎《しゅくしゃ》よりずっとすくないのですが、それでもだれかの物音《ものおと》で、夜《よ》中《なか》になんどか目《め》をさましました。壁《かべ》がうすいせいで、ほかの小屋《こや》で起《お》きていることもぜんぶ、きこえるのです。聖《せい》ニコラスだって、音《おと》を立《た》てずに、煙突《えんとつ》を通《とお》ってこられるはずがありません。

レオは寝返《ねがえ》りを打《う》って、目《め》をあけました。見《み》えたのは、ママのめざまし時計《どけい》の、夜光塗《やこうと》料《りょう》をぬった数字《すうじ》だけ。朝《あさ》の六時半《じはん》です。起《お》きようか……うん。レオはベッドからすべりおりると、暗《くら》い部屋《へや》を手《て》さぐりでストーブのほうへむかいます。そして手《て》さぐりで、自分《じぶん》の靴《くつ》がある場所《ばしょ》を確《たし》かめました。

「レオ?」大《おお》きなベッドがギシッといい、ママがランプをつけます。

靴《くつ》のなかには、なにか入《はい》っていました。ほんとのほんとに!

「ペパーミントのあめだ! ありがとう、聖《せい》ニコラスさま!」

レオは、ストーブの方向《ほうこう》にむかってさけびました。聖《せい》ニコラスはもちろん、とっくに立《た》ち去《さ》っているはずでしたが、でもひょっとしたら、ということもありますから。

十二月五日《がついつか》に、レオはママやホルトシュミット夫人《ふじん》といっしょに、宿舎《しゅくしゃ》六十六号《ごう》へ出《で》か

*十二月五日《がついつか》のまえでも、子《こ》どもたちは小《ちい》さなプレゼントをもらうことがある

けました。病気《びょうき》にかかって、ベッドで寝《ね》ているパパは行《い》けません。でも、そのパパも、ちょっとだけよくなっているようです。

レオが先頭《せんとう》を歩《ある》き、ママとホルトシュミット夫人《ふじん》は何歩《なんぽ》かあとをついてきます。あたりは氷点下《ひょうてんか》の寒《さむ》さで、泥《どろ》の水《みず》たまりも凍《こお》りついていました。足《あし》の下《した》でギシギシいう氷《こおり》の音《おと》が、どこかお祭《まつ》りっぽくきこえます。しばらくしたら、レオは聖《せい》ニコラスをすぐそばで見《み》られるのでしょうか？　ネルの絵《え》ハガキと同《おな》じように、聖《せい》ニコラスはレオと握手《あくしゅ》してくれるでしょうか……？

きっと無理《むり》だよ。二年《ねん》まえ、ユダヤ人《じん》だけのクラスに聖《せい》ニコラスがきたときも、そんな時間《じかん》はなかったもの。でも、きのう靴《くつ》のなかに入《い》れておいたぼくの手紙《てがみ》は、読《よ》んでくれたかな？

レオが聖《せい》ニコラスに伝《つた》えたのは、宿舎《しゅくしゃ》から小屋《こや》にうつるホルトシュミット夫人《ふじん》の引《ひ》っ越《こ》しを手伝《てつだ》ったことや、パパのこと、それからヴェステルボルクの暮《く》らしのことでした。聖《せい》ニコラスは宿舎《しゅくしゃ》六十六号《ごう》を、どう思《おも》うでしょう。

ほかの子《こ》どももやってくると、建物《たてもの》は集《あつ》まったひとたちでぎゅうづめになりました。今日《きょう》は日曜日《にちようび》、だから大部分《だいぶぶん》の大人《おとな》も働《はたら》かなくていいのです。

「こっちよ、レオ！」ホルトシュミット夫人《ふじん》は、ひとびとのあいだをぬいながらレオを引《ひ》っぱっていきます。「ここがいい場所《ばしょ》なの」そういって、レオが最前列《さいぜんれつ》のベッドの、いちばん上《うえ》の段《だん》にあがるのを手伝《てつだ》ってくれました。

レオがまだ上《うえ》に着《つ》かないうちに、みんなは大声《おおごえ》で歌《うた》いはじめます。

「聖《せい》ニコラスさま、おともをつれて、さあなかへ……」

すると、まあ。ズワルト・ピートをふたりつれた聖《せい》ニコラスが、ドアから入《はい》ってきたのです。聖《せい》ニコラスは用意《ようい》されたいすのほうへゆうゆうと歩《ある》きながら、あちこちへ親《した》しげに手《て》をふっています。聖《せい》ニコラスがすわると、ピートたちが大《おお》きな本《ほん》をひざにのせました。

それはもちろん、子《こ》どもたちのよいおこないも悪《わる》いおこないもぜんぶ書《か》いてある、聖《せい》ニコラスの本《ほん》です。レオがどきどきしていると、宿舎《しゅくしゃ》がしんと静《しず》まりました。

「こんにちは、みなさん。大歓迎《だいかんげい》をありがとう」と、聖《せい》ニコラス。

聖《せい》ニコラスの声《こえ》は、奇妙《きみょう》なほどどききおぼえがありました。ふしぎです、だってレオが聖《せい》ニコラスに最後《さいご》に会《あ》ったのは、二年《ねん》もまえなのです。子《こ》どもたちはひとりずつ、まえへ出《で》ていくことがゆるされ、聖《せい》ニコラスはどの子《こ》にもあたたかい言葉《ことば》をかけました。

「レオ・メイエル」

聖《せい》ニコラスが名前《なまえ》を読《よ》みあげます。レオはあたりを見《み》まわしました。そしていそいでベッドの下《した》におりると、最後《さいご》は小走《こばし》りしていきます。まえに立《た》つと、聖《せい》ニコラスは手《て》をさしだしてくれました。

「やあ、レオ。ひさしぶり」

聖《せい》ニコラスの顔《かお》は、たとえ大《おお》きな白《しろ》いひげをつけていても、思《おも》い出《で》のなかの顔《かお》より若《わか》くなっています。そのまなざしは、大《おお》きなレオの目《め》にそっくりです。

レオは聖《せい》ニコラスの手《て》をにぎって、いいました。

「こんにちは、聖《せい》ニコラスさま」

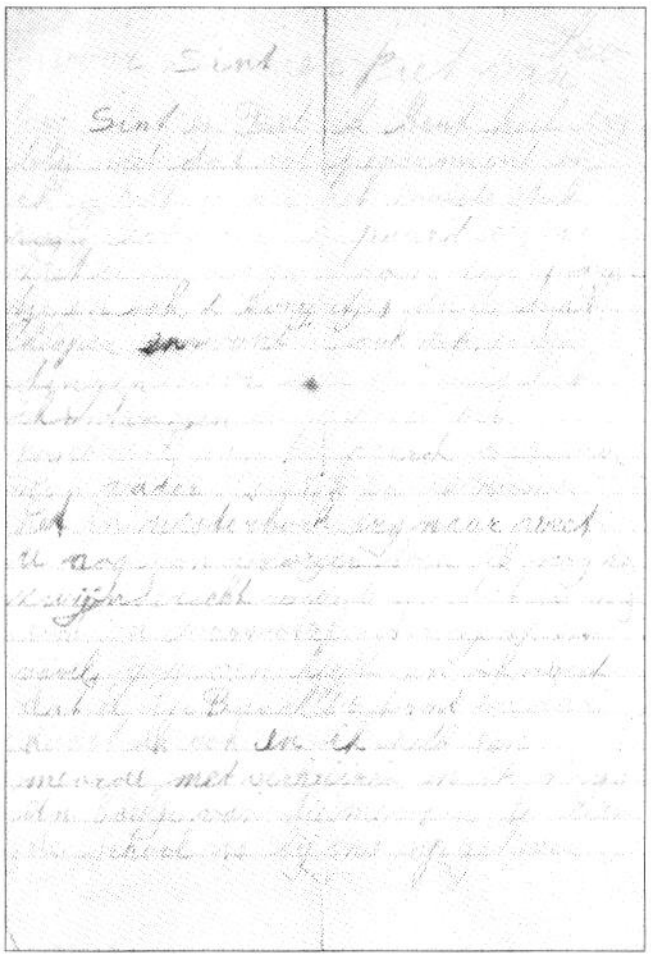

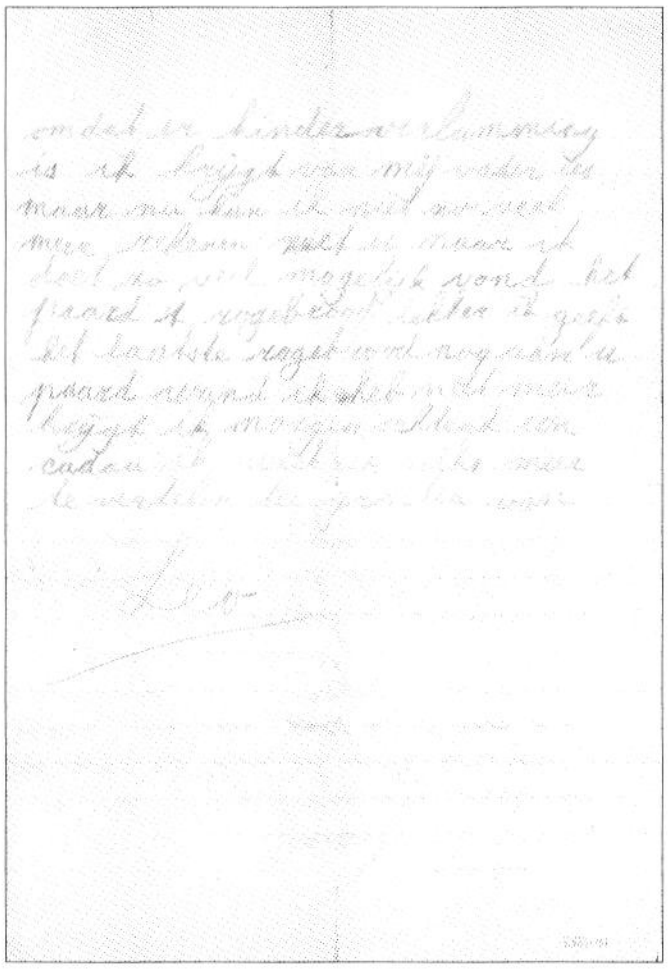

レオが聖《せい》ニコラスにあてて書《か》いた手紙《てがみ》

大《おお》きなレオのかいた絵《え》

「あんたはうちに帰《かえ》ったほうがいい。食事《しょくじ》の時間《じかん》だよ」

ラッヘルばあちゃんがいいます。レオは、ラッヘルさんを「ばあちゃん」と呼《よ》んでいますが、血《ち》のつながりはありません。去年《きょねん》、移送《いそう》された本当《ほんとう》のおばあちゃんを思《おも》い出《だ》せるので、レオはラッヘルさんのいる大《おお》きな宿舎《しゅくしゃ》を、ときどきたずねているのです。

レオが返事《へんじ》をするまえに、若《わか》い女《おんな》のひとが、宿舎《しゅくしゃ》にかけこんできました。

「戦争《せんそう》はもうすぐ終《お》わるって！　アメリカ軍《ぐん》がもうすぐオランダにくるのよ！」

「ぼく、その話《はなし》を両親《りょうしん》に伝《つた》えます！」

レオはラッヘルさんにキスをひとつすると、泥《どろ》だらけの地面《じめん》を走《はし》って小屋《こや》へもどっていきました。どの水《みず》たまりも器用《きよう》によけながら。

いまは八月《がつ》。レオがヴェステルボルクで過《す》ごす二度目《どめ》の夏《なつ》も、まもなく終《お》わろうとしています。レオは九歳《さい》になり、こんど通《かよ》うのは三年生《ねんせい》のクラスでした。学校《がっこう》はまだはじまらず、近《ちか》いうちに新学期《しんがっき》をむかえられるかどうかは、だれにもわかりません。女《おんな》の先生《せんせい》も男《おとこ》の先生《せんせい》も、夏《なつ》のまえに、みんな移送《いそう》されてしまったのです。

レオが小屋《こや》にかけこむと、パパとママはもうテーブルについていました。さいわい、レオのパパは冬《ふゆ》にかかった病気《びょうき》が治《なお》って、いまはすっかり元気《げんき》になっています。

「アメリカ軍《ぐん》が到着《とうちゃく》するんだって！」レオは、いすにどしんとすわりました。

パパはうなずき、お茶《ちゃ》がわりの水《みず》を飲《の》みました。

「どうやらそうらしい。私《わたし》も病院《びょういん》で話《はなし》をたくさんきいているが、ドイツ軍《ぐん》は負《ま》けをかさねているようだ。やっかいなのは、連中《れんちゅう》がそのせいで神経質《しんけいしつ》になっていることだ。そんなとき、どんな態度《たいど》に出るのか、だれにも見当《けんとう》がつかない」

パパは、コップをテーブルにおきました。

「レオ、おまえはレオ・コックさんを知《し》ってるね？」

「うん。このあいだは、つくった舞台装置《ぶたいそうち》を見《み》せてもらったよ。すごくりっぱだった！」

と、レオはいいます。

「私《わたし》はレオさんに、おまえの絵《え》をかいてほしいとたのんだんだ。なにしろどんどん大《おお》きくなるからなあ……そうすれば、いまの年齢《ねんれい》のレオがどんなふうだったか、あとになってもわかるだろ」

パパはママにわらいかけましたが、つかれているように見《み》えました。

「あしたの朝《あさ》、コックさんが時間《じかん》をつくって、この小屋《こや》までできてくれる」

そう、レオはぐんぐん成長《せいちょう》しています。小《ちい》さくなった服《ふく》や靴《くつ》を見《み》れば、自分《じぶん》でもよくわかりました。それはこまったことでもありました。ここでは必要《ひつよう》な服《ふく》がなかなか手《て》に入《はい》らないのです。そして、ネールチェのおかげで、新《あたら》しい靴《くつ》は一足《そく》ありましたが。

ヴェステルボルクに住《す》むようになってから、変《か》わったのは、レオだけではありません。ひとづきあいがあまり得意《とくい》でなかったママは、いまでは、ますます引《ひ》きこもりがちになっています。まえよりやせて、夏服《なつふく》もぶかぶかです。両手《りょうて》も、ふしくれだった赤《あか》い手《て》に変《か》わっていて、それはじゃがいもの皮《かわ》むきばかりしているせいでした。

パパは青白《あおじろ》い顔《かお》に、心配《しんぱい》そうな表情《ひょうじょう》をよくうかべています。一家《いっか》でまだここにいられるように、パパはなんとか話《はなし》をつけていました。それがどんなに特別《とくべつ》なことか、時《とき》がたつにつれ、レオにはいっそうよくわかっています。ヴェステルボルクにこれほど長《なが》く住《す》んでいるひとは、ほかにはあまりいないのです。大部分《だいぶぶん》のひとたちは、もっとずっと早《はや》くに移送《いそう》されていました。

つぎの朝《あさ》、レオ・コックさんが戸口《とぐち》にきました。頭《あたま》のてっぺんからつま先《さき》まで、レオをよくながめ、それからにやっとわらいました。

「いまじゃもう、きみを小《ちい》さなレオとは呼《よ》べないな！」

「まだ、あなたより小《ちい》さいけど」と、レオはいいます。

「それもあとすこしだろう」レオさんは、一家《いっか》の部屋《へや》のなかを見《み》まわしました。

「家族《かぞく》だけの住《す》まいは、ほんとに居心地《いごこち》よさそうだ。じゃあ、その窓辺《まどべ》にすわって、レオ。そこだと光《ひかり》の具合《ぐあい》がいい」

窓辺《まどべ》にいすを動《うご》かしたレオを、大《おお》きなレオはじっくり見《み》ています。

「うん……もうちょっと左《ひだり》にずれて……うん、そこでいい」

大《おお》きなレオは自分《じぶん》でもいすを出《だ》して、レオとむかいあう形《かたち》ですわりました。画板《がばん》を持《も》っていて、その上《うえ》に大《おお》きな紙《かみ》が一枚《まい》、のせてあります。

「さてと、レオ。きみはしばらく、じっとすわってて。でも、おしゃべりはしてかまわないよ」

レオはすぐ、本題《ほんだい》に入《はい》りました。こんなふうにふたりきりで、大《おお》きなレオと話《はなし》をするチャンスはめったにありません。大《おお》きなレオにならに質問《しつもん》ができます。パパやママには、どうしてもきけないことだって、きけるのです。

「レオさんは、『移送《いそう》』がこわいと思《おも》ったことはない？」

「もちろんあるさ」と、大《おお》きなレオは答《こた》えます。紙《かみ》の上《うえ》にえんぴつをすべらせながら。「ぼくの仕事《しごと》を理由《りゆう》に、※解放軍《かいほうぐん》が到着《とうちゃく》するまで移送《いそう》が先延《さきの》ばしにならないかと、願《ねが》っているよ」

「だけど、もしそうならなかったら？」

大《おお》きなレオは、しばらくだまっています。集中《しゅうちゅう》した顔《かお》つきで、レオと紙《かみ》の絵《え》を見《み》くらべています。そしてえんぴつを宙《ちゅう》にむけ、長《なが》さをはかるようにしながらいいました。

「どの移送《いそう》も同《おな》じってわけじゃない。収容所《しゅうようじょ》にもいろいろある。きみも、きっと気《き》がついてるだろ。アウシュヴィッツからの便《たよ》りをきいたひとは、だれもいない。でもベルゲン・ベルゼンとか、テレージエンシュタットへむかう移送《いそう》もある。そっちのほうがましだ。ベルゲン・ベルゼンに送《おく》られたユダヤ人《じん》は、ドイツ軍《ぐん》の捕虜《ほりょ》と交換《こうかん》される可能性《かのうせい》がある。だから、生《い》かしておかないといけない。実際《じっさい》になんどか、交換《こうかん》がおこなわれたそうだ。捕虜《ほりょ》は解放《かいほう》されてドイツ軍《ぐん》にもどり、交換《こうかん》されたユダヤ人《じん》は、ベルゲン・ベルゼンからパレスチナへ行《い》くらしい。

テレージエンシュタットは、模範収容所《もはんしゅうようじょ》だといわれている。外国人《がいこくじん》も見学《けんがく》にきていいそうだ。そして、まずまずの強制収容所《きょうせいしゅうようじょ》の暮《く》らしを目《め》にするんだ。よく注意《ちゅうい》して見《み》たらいい、テレージエンシュタットやベルゲン・ベルゼンに行《い》くのは、家畜運搬車《かちくうんぱんしゃ》じゃなくて、人間《にんげん》の乗《の》る客車《きゃくしゃ》だよ。で、なんとなくわかるだろ。でも、ここにはずいぶんうわさがあるし、なにが真実《しんじつ》でなにがそうじゃないか、だれにもわからない。ただ、そんな話《はなし》をぼくは信《しん》じたいんだ」

「いろいろうわさのある理由《りゆう》が、ぼくにはわかる気《き》がする」と、レオはいいます。「戦争《せんそう》のまえ、ぼくの家《いえ》じゃ、パパとママは毎日《まいにち》、新聞《しんぶん》を受《う》けとってた。ラジオのニュースもきいてた。ここには新聞《しんぶん》もラジオもない。ニュースといったら、みんながうわさしあう話《はなし》だけなんだ」

大《おお》きなレオはうなずきました。

「そのとおり。ぼくたちには、ほかにたよるものがない。それにね、希望《きぼう》をあたえてくれ

＊アメリカ、イギリス、フランスなど、当時《とうじ》ドイツと戦《たたか》っていた連合国《れんごうこく》による軍隊《ぐんたい》

るうわさはいちばん楽《たの》しい。だからまっさきに、どんどん広《ひろ》がるのさ」

大《おお》きなレオは、距離《きょり》をはなして、かいた絵《え》をながめています。

「ぼくの目《め》には、そっくりに見《み》える。きみも見《み》たいかい？」

レオはびっくりして、飛《と》びあがりました。

「もうできあがったの？」

何歩《なんぽ》か歩《ある》いて、レオは自分《じぶん》と同《おな》じ名前《なまえ》の、大《おお》きな友《とも》だちのよこに立《た》ちます。レオ・コックさんは、よく見《み》えるように紙《かみ》を持《も》ちあげてくれました。

「どう思《おも》う？」

レオは絵《え》のなかの、自分《じぶん》の目《め》を見《み》つめます。そこには真剣《しんけん》なまなざしをした、成長《せいちょう》した少年《しょうねん》がいました。そう、これがレオ。そしてレオは確《たし》かに、ヴェステルボルクにきたときと、もう同《おな》じではないのです。

「りっぱな子《こ》になった」大《おお》きなレオはそういいました。「パパとママも、よろこんでくれるだろう」

大きなレオのかいた絵

「大《おお》きなレオ」によってかかれたレオ（1944年《ねん》8月《がつ》27日《にち》）

さよなら、ヴェステルボルク

レオはコートを着て、小屋《こや》のまえのベンチにすわっています。ふりつづく雨《あめ》が、ちょうどやんだあいまでした。なかにいるのが、息苦《いきぐる》しくなったのです。

学校《がっこう》がなくなってからというもの、毎日《まいにち》を長《なが》く感《かん》じます。レオは、去年《きょねん》の冬《ふゆ》、ホルトシュミットさんにもらった本《ほん》をひらきました。

どの計算《けいさん》をまたやろうか？　ここに書《か》いてある式《しき》は、どれも百回《かい》はやってみたし。じゃあ、これにしよう。とにかくなにかしてないと。

「レオ！」という声《こえ》に、思《おも》わず顔《かお》をあげました。パパが遠《とお》くから走《はし》ってきます。でも、なんだか変《へん》です。これまでパパが仕事《しごと》をぬけだしてくることは、一度《いちど》もなかったのです。

「全員《ぜんいん》、大宿舎《だいしゅくしゃ》に集合《しゅうごう》だ」と、パパがいいます。「ついさっき、指示《しじ》をきいた」

そういって、パパはレオから顔《かお》をそらしました。

大宿舎《だいしゅくしゃ》というのは、この収容所《しゅうようじょ》にレオたちがきたときに、登録《とうろく》をした場所《ばしょ》です。毎週火曜日《まいしゅうかようび》、そこではレヴューがひらかれていました。ドイツの司令官《しれいかん》*ゲンメカーが、一か月《げつ》まえ、レヴューを打《う》ち切《き》りにするまでは。

レオは、ヴェステルボルク収容所《しゅうようじょ》がなくなり、戦争《せんそう》も終《お》わりってことだったらなあ、と思《おも》いました。

「全員《ぜんいん》って？　ぼくたち三人《にん》？」

パパは首《くび》をよこにふりました。

「いや、この収容所《しゅうようじょ》に住《す》むもの全員《ぜんいん》だ。数千人《すうせんにん》はいるだろう」

こんなこと、いままで一度《いちど》もなかった。いい知《し》らせなのかな？　戦争《せんそう》が終《お》わって、みんな、また家《いえ》に帰《かえ》れるのかな？　レオはちょっとそう考《かんが》えます。でもパパの顔《かお》を見《み》ると、なにか別《べつ》のことを考《かんが》えているのがわかりました。

パパはむきを変《か》え、レオもそのあとをついていきます。ここからも、あそこからも、ひ

＊アルベルト・コンラート・ゲンメカー（一九〇七－一九八二）。戦後《せんご》、ヴェステルボルクから八万人《まんにん》のユダヤ人《じん》を移送《いそう》した罪《つみ》に問《と》われた

とが走《はし》って出《で》てきます。興奮《こうふん》しながら話《はな》し合《あ》っているひとたちもいれば、心配《しんぱい》そうな顔《かお》をしたひとたちもいました。どういうことなのかわかるひとは、だれもいません。

レオはママを探《さが》しました。あそこです。いっしょに働《はたら》くふたりの女《おんな》のひとのあいだを、歩《ある》いています。ママは不安《ふあん》そうな顔《かお》で、落《お》ちつきなくあたりを見《み》ています。

レオは走《はし》っていき、「母《かあ》さん」と、手《て》を取《と》りました。なにかいいたいのですが、どう話《はな》しかけたらいいのかわかりません。

パパもレオのそばにやってきて、三人《にん》は、大宿舎《だいしゅくしゃ》に入《はい》るひとの流《なが》れについていきました。一か月《げつ》まえにはレヴューがひらかれ、歌《うた》がうたわれていた場所《ばしょ》に、収容所《しゅうようじょ》の司令官《しれいかん》が立《た》っています。両足《りょうあし》をすこしひらき、両手《りょうて》を背中《せなか》にまわしています。ヴェステルボルクでいちばん地位《ちい》の高《たか》いひとを、こんなに近《ちか》くで見《み》ることはめったにありません。ゲンメカーがドイツ軍《ぐん》の制服《せいふく》を脱《ぬ》いだら、悪《わる》いひとには見《み》えないかもしれません。ひげはきれいに剃《そ》ってあり、親切《しんせつ》そうな顔《かお》をしていて、白髪《しらが》まじりの髪《かみ》をきちっとうしろになでつけていました。

宿舎《しゅくしゃ》のなかがひとでいっぱいになると、司令官《しれいかん》はいいました。

「通告《つうこく》する。デン・ハーグの司令部《しれいぶ》より、この収容所《しゅうようじょ》から立《た》ち退《の》くようにと指令《しれい》を受《う》けた。

すなわち、ほぼ全員《ぜんいん》が、今後《こんご》、数日間《すうじつかん》のうちに列車《れっしゃ》でここをはなれることになる。明日《あす》は、アウシュヴィッツへの最初《さいしょ》の列車《れっしゃ》での移送《いそう》があり、あさってはテレージエンシュタットへの移送《いそう》だ。この収容所《しゅうようじょ》には五百名《めい》ほどの人間《にんげん》がいったんのこり、あとかたづけをおこなう。これから、だれがどの移送《いそう》に入《はい》るか、リストを読《よ》みあげる」

司令官《しれいかん》はとなりに立《た》っていた部下《ぶか》に、身《み》ぶりで合図《あいず》しました。

「明日《あす》の移送《いそう》に選《えら》ばれたのは、以下《いか》の者《もの》たち」と、部下《ぶか》がリストを読《よ》みはじめます。

悪夢《あくむ》でした。「移送《いそう》」、その順番《じゅんばん》がレオたちにもまわってきたのです。パパはレオの肩《かた》に手《て》をのせ、ママはレオの肩《かた》をぎゅっとつかみます。名前《なまえ》がひとつずつ、読《よ》みあげられます。泣《な》き声《ごえ》や嘆《なげ》きの声《こえ》があがり、気《き》を失《うしな》うひともいました。

レオは、落《お》ちついて呼吸《こきゅう》をつづけてみようとしました。ななめまえにレオ・コックさんがいるのを見《み》て、レオは先週《せんしゅう》いわれたことを、はっと思《おも》い出《だ》しました。どの移送《いそう》も同《おな》じってわけじゃない……二つの移送《いそう》のうち、ひとつはテレージエンシュタットへ行《い》くのです。模範収容所《もはんしゅうようじょ》といわれているところへ。そこでなら、なんとかやっていけるでしょう。

アルファベット順《じゅん》の名前《なまえ》の読《よ》みあげが、「K《ケー》」まできています。

「カーン、ダニエル……」

レオ・コックさんと奥《おく》さんは、両腕《りょううで》でだきあっています。つぎは自分《じぶん》たちの名前《なまえ》が？

いや、ふたりの名前《なまえ》はとばされました。だからふたりは、アウシュヴィッツではなく、テレージエンシュタットに行《い》くのでしょう。

ママは泣《な》きだしました。こんどは「M《エム》」の番《ばん》です。レオは頭《あたま》がくらくらして、息《いき》がじゅうぶんに吸《す》えない感《かん》じがしました。

「メイエル、イザーク……」

メイエルという名字《みょうじ》のひとは、何人《なんにん》かいます。だから、よく気《き》をつけないといけません。

それから「N《エヌ》」の番《ばん》になり、レオたち一家《いっか》の名前《なまえ》はリストにはありませんでした。三人《にん》は、アウシュヴィッツには行《い》かずにすんだのです。

それでも、やはり移送《いそう》はおこなわれます。レオと両親《りょうしん》の名前《なまえ》は、テレージエンシュタット行《い》きのリストにのっていて、大《おお》きなレオも同《おな》じでした。

「移送《いそう》にそなえて、いますぐ準備《じゅんび》を始《はじ》めよ」

読《よ》みあげが終《お》わると、そういわれました。おおぜいのひとたちが、こんどはどっと外《そと》へ出《で》ていきます。パパは、はげしく泣《な》くママの体《からだ》を支《ささ》えなければなりません。レオは自分《じぶん》の足《あし》をどうやってまえに出《だ》したらいいか、わからないぐらいです。頭《あたま》のなかにもやがかかり、なんの音《おと》もしなくなったようでした。

そのとき、だれかが、レオのそでを引《ひ》っぱりました。

大《おお》きなレオです。

「ぼくがいったことを、おぼえてるかい？　どの移送《いそう》も同《おな》じってわけじゃない。ぼくたちは模範収容所《もはんしゅうようじょ》に行《い》く。それにね、立《た》ち退《の》きさせられるってことは、戦争《せんそう》の終《お》わりが近《ちか》づいてるって意味《いみ》なんだ。あっというまに戦争《せんそう》は終《お》わる。そしたら、ぼくたちはみんな、家《いえ》に帰《かえ》れるんだ」

大《おお》きなレオは、レオの頭《あたま》をなでると、ひとごみのなかに消《き》えていきました。

そのとおりです。行《い》くのは模範収容所《もはんしゅうようじょ》です。ふたりのレオが、再会《さいかい》することだってあるでしょう。

そして、戦争《せんそう》さえ終《お》われば、家《いえ》に帰《かえ》れるのです。

物語《ものがたり》に登場《とうじょう》した場所《ばしょ》

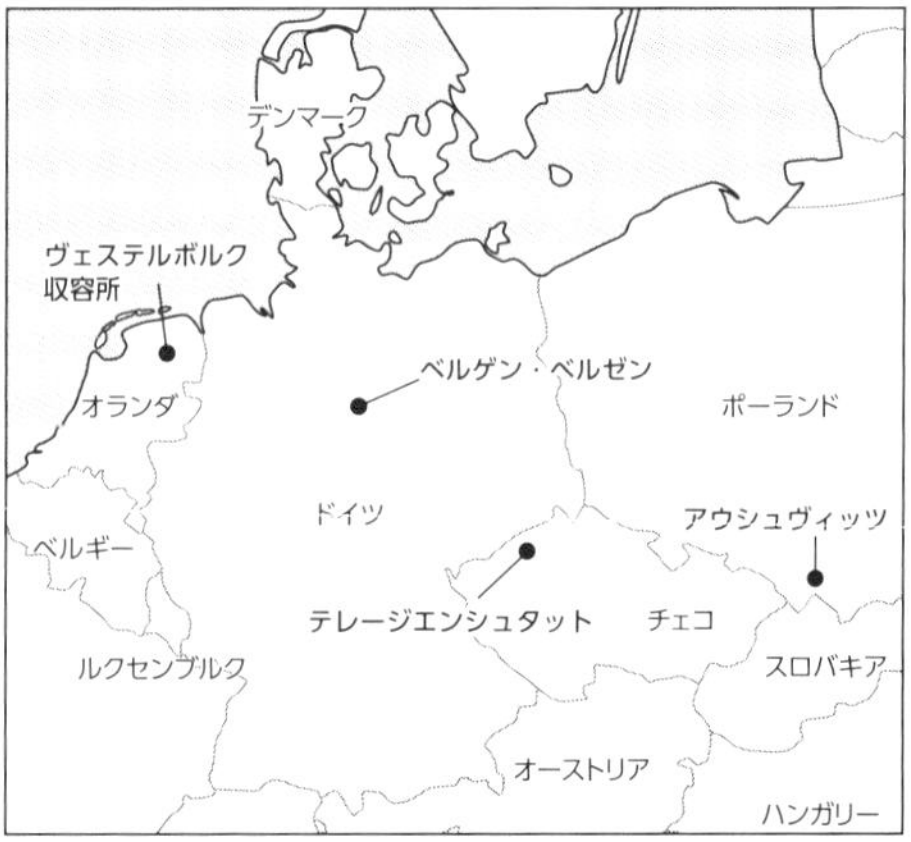

（国境は現在の地図によるもの）

この本《ほん》について

レオは一九四四年《ねん》九月四日《がつよっか》に、両親《りょうしん》とともに家畜運搬車《かちくうんぱんしゃ》で、テレージエンシュタットに送《おく》られ、そこから母親《ははおや》といっしょに、十月四日《がつよっか》、アウシュヴィッツへ移送《いそう》されました。ふたりはガス室《しつ》に入《い》れられて、人生《じんせい》を終《お》えました。レオの父親《ちちおや》は戦争《せんそう》のあとまで生《い》きのびました。

オランダは、ドイツ軍《ぐん》から一九四五年《ねん》五月五日《がついつか》に解放《かいほう》され、戦争《せんそう》は終《お》わりますが、レオ・コックにとっても解放《かいほう》はおそすぎました。大《おお》きなレオは、一九四五年《ねん》五月《がつ》十二日《にち》に亡《な》くなりました。二十二歳《さい》でした。

彼《かれ》の絵《え》は、ひとりの憲兵《けんぺい》によって、ヴェステルボルク収容所《しゅうようじょ》の外《そと》へひそかに持《も》ち出《だ》されていたので、多《おお》くの作品《さくひん》が残《のこ》っています。

レオ・メイエルの父親《ちちおや》もまた、息子《むすこ》の肖像画《しょうぞうが》を、こっそりヴェステルボルクの外《そと》へ持《も》ち出《だ》すことができました。小《ちい》さなレオがかいた何枚《なんまい》かの絵《え》や手紙《てがみ》も同様《どうよう》です。父親《ちちおや》は戦後《せんご》、薬局《やっきょく》の助手《じょしゅ》だったネル・スタムと再婚《さいこん》しました。ヴェステルボルクにいたあいだも、連絡《れんらく》を取《と》りあっていた人《ひと》でした。ふたりのあいだにはレオ、ヒルデ、フランスという三人《にん》の子《こ》どもが生《う》まれました。

私《わたし》はレオの物語《ものがたり》を、なるべくしっかり語《かた》ろうと努《つと》めましたし、この物語《ものがたり》には、レオについてわかっている、できるだけ多《おお》くの資料《しりょう》を盛《も》りこんでいます。でも、それがすべてではありません。私《わたし》はさらにいろいろ考《かんが》え、補足《ほそく》しなければなりませんでした。物語《ものがたり》にうまく合《あ》うよう、すこし変《か》えたところもあります。

たとえばヴェステルボルクの遊《あそ》び場《ば》は、本当《ほんとう》は一九四三年《ねん》九月《がつ》にできていますが、私《わたし》はお話《はなし》のなかのレオをその年《とし》の七月《がつ》に遊《あそ》びにいかせています。

七月《がつ》に花《はな》を咲《さ》かせるルピナス。私《わたし》はレオと同《おな》じようにヴェステルボルクからアウシュヴィッツへ送《おく》られたオランダのジャーナリスト、フィリップ・メカニクスの日記《にっき》に書《か》かれたルピナスの思《おも》い出《で》を、この本《ほん》のなかでつかいたくなりました。

またレオの父親《ちちおや》は、薬剤師《やくざいし》として特別《とくべつ》なあつかいを受《う》けていたので、現実《げんじつ》にはボールペンを持《も》つことがゆるされていたのです。その部分《ぶぶん》を変《か》えたのは、収容所《しゅうようじょ》での登録《とうろく》のときに、大多数《だいたすう》のひとがどんな目《め》に合《あ》うのか、読者《どくしゃ》のみなさんにお伝《つた》えしたかったからでした。

私《わたし》はヒルデとこの本《ほん》について話《はなし》しあい、ヒルデは自分《じぶん》の兄《にい》さん、つまりもうひとりの「うちのレオ」といっしょに、できるかぎり私《わたし》の質問《しつもん》に答《こた》えてくれました。最後《さいご》に私《わたし》は、どんないきさつで、レオは聖《せい》ニコラスに手紙《てがみ》を書《か》くことになったのかもききました。父親《ちちおや》は病気《びょうき》で寝《ね》こんでいて、レオはたいくつしていました。「なにをしたらいいのかわかんないぼくはたいくつでしかたがない」と、ぼやいていたので、「聖《せい》ニコラスに手紙《てがみ》を出《だ》しなさい」と、父親《ちちおや》のヘルマンが寝返《ねがえ》りを打《う》ちながらいったのだそうです。

三人《にん》とも——もうひとりのレオ、ヒルデ、弟《おとうと》のフランスも——この本《ほん》の原稿《げんこう》を読《よ》み、コメントしてくれました。三人《にん》の手助《てだす》けに心《こころ》から感謝《かんしゃ》します。とりわけこのメイエル家《け》のみなさんが、本書《ほんしょ》の執筆《しっぴつ》を私《わたし》にゆるしてくださったことを、非常《ひじょう》にありがたく思《おも》っています。

私《わたし》は、レオのとなりの家《いえ》の女《おんな》の子《こ》、ジャンヌ・ポンガース・ファン・デル・ヤハトにも会《あ》いにいきました。思《おも》い出《で》を分《わ》かち合《あ》ってくれたことを、うれしく思《おも》います。

ズワインドレヒトに住《す》むケース・ポペイウスも、大変助《たいへんたす》けてくれました。心《こころ》より感謝《かんしゃ》しています。私《わたし》がこの本《ほん》を書《か》いたのは、ヴェステルボルク収容所《しゅうようじょ》メモリアル・センターの依《い》頼《らい》によるものです。センターのディルク・ムルデルとクリステル・タイエンクの私《わたし》に対《たい》する信頼《しんらい》と、今回《こんかい》の依頼《いらい》に感謝《かんしゃ》します。そしてヒド・アバウス、バス・コルトホルト、パトリック・プリンセン、ミヒエル・スミットの手助《てだす》けにも。

マルティネ・レテリー

フォルデンにて、二〇一二年《ねん》秋《あき》

特別《とくべつ》な歴史《れきし》のある場所《ばしょ》

ヴェステルボルク収容所《しゅうようじょ》から移送《いそう》されて、命《いのち》をうばわれた人《ひと》の数《かず》は、十万《まん》二千人《せんにん》にのぼります。母《かあ》さん、父《とう》さん、おじいちゃん、おばあちゃん、おじさん、おばさん、兄《にい》さん、姉《ねえ》さん、むすこ、むすめ、おい、めい、友《とも》だち、近所《きんじょ》の人《ひと》、クラスメート……愛《あい》する人《ひと》や親《した》しい人《ひと》たちの物語《ものがたり》。そして生《い》き残《のこ》った五千人《せんにん》の物語《ものがたり》、そのすべてがここにはあるのです。

一九四二年《ねん》から四五年《ねん》にかけて、十万七千人《せんにん》のユダヤ系《けい》オランダ人《じん》と、難民《なんみん》（オランダに逃《に》げこんだユダヤ人《じん》）が、オランダからつれさられました。その人《ひと》たちを収容《しゅうよう》するために、ナチスドイツ軍《ぐん》はヴェステルボルクをつかいました。

この収容所《しゅうようじょ》は、もともと一九三九年《ねん》に、ドイツ系《けい》ユダヤ人《じん》のための中央難民《ちゅうおうなんみん》キャンプとして建設《けんせつ》されたものでしたが、一九四二年《ねん》には、オランダにいたユダヤ人《じん》の通過《つうか》収容所《しゅうようじょ》、最終居住地《さいしゅうきょじゅうち》となりました。人《ひと》びとはここから、アウシュヴィッツやソビボルなど各地《かくち》の収《しゅう》容所《ようじょ》へ強制的《きょうせいてき》に移送《いそう》されたのです。

現在《げんざい》、ヴェステルボルク収容所《しゅうようじょ》メモリアル・センターは、あらゆる年齢層《ねんれいそう》の訪問者《ほうもんしゃ》のために、展示《てんじ》や活動《かつどう》を通《とお》して、ヴェステルボルクの歴史《れきし》を伝《つた》えています。

ヴェステルボルク収容所《しゅうようじょ》メモリアル・センター

Herinneringscentrum Kamp Westerbork

住所：Oosthalen 8
9414 TG Hooghalen, The Netherlands

電話：+31-593-592 600

info@kampwesterbork.nl／www.kampwesterbork.nl

訳者《やくしゃ》あとがき

これは本当《ほんとう》に生《い》きていたユダヤ人《じん》の少年《しょうねん》、レオ・メイエルの、七歳《さい》から九歳《さい》までの日々《ひび》をえがいた物語《ものがたり》です。

アンネ・フランクが、アムステルダムの隠《かく》れ家《が》で書《か》きつづけた『アンネの日記《にっき》』は、世《せ》界《かい》じゅうで読《よ》みつがれています。でも第二次世界大戦中《だいにじせかいたいせんちゅう》のオランダで、せいいっぱい生《い》きていた子《こ》どもは、アンネだけではありません。差別《さべつ》や戦争《せんそう》がいまもつづくこの世界《せかい》で、そんな子《こ》どもたちのことを、みなさんにわかりやすく伝《つた》える作品《さくひん》があればと、私《わたし》は長《なが》い間《あいだ》さがしていました。

二〇二二年《ねん》、マレーシアで開《ひら》かれた国際児童図書評議会《こくさいじどうとしょひょうぎかい》の世界大会《せかいたいかい》で、私《わたし》は作家《さっか》マルティネ・レテリーに出会《であ》いました。そのあと、直接《ちょくせつ》、この「レオ」の本《ほん》を手《て》わたされたのです。

ある日《ひ》とつぜん、どこかへつれていかれることになったレオは、どんなにおそろしかったでしょう。絵《え》をかくことを通《とお》して、希望《きぼう》を持《も》ちつづける姿《すがた》も実感《じっかん》できました。多《おお》くの写《しゃ》真《しん》や、手紙《てがみ》が、レオの息《いき》づかいまで伝《つた》えてくれます。この本《ほん》があれば、日本《にほん》ではあまり知《し》られていない、ヴェステルボルク収容所《しゅうようじょ》のことも伝《つた》えられる……と、私《わたし》は思《おも》いました。

オランダ北西部《ほくせいぶ》、ドレンテ州《しゅう》にあるヴェステルボルクは、いまでも車《くるま》がないと行《い》けない不便《ふべん》な場所《ばしょ》です。「オランダ劇場《げきじょう》」の章《しょう》でママが話《はな》しているように、もともとはドイツから逃《に》げてきたユダヤ人《じん》のために、オランダ側《がわ》がつくった難民《なんみん》キャンプでした。

なぜ、ユダヤのひとたちは、ドイツから逃《に》げだしてきたのでしょう？

レオやアンネが生《い》きていたのは、「ホロコースト」の時代《じだい》でした。ホロコーストとは、「ナチスドイツ政権《せいけん》とその同盟国《どうめいこく》および協力者《きょうりょくしゃ》による、ヨーロッパのユダヤ人約《じんやく》六百万人《まんにん》に対《たい》する国《くに》ぐるみの組織的《そしきてき》な迫害《はくがい》および虐殺行為《ぎゃくさつこうい》のこと」です（アメリカのホロコースト・メモリアル・ミュージアムのウェブサイトより）。ナチスドイツとは、この時代《じだい》のドイツをさす言葉《ことば》で、ホロコーストはアドルフ・ヒットラーとナチ党《とう》がドイツの政権《せいけん》をにぎった一九三三年《ねん》から、一九四五年《ねん》五月《がつ》にドイツが敗戦《はいせん》するまでつづきました。ドイツはユダヤ人《じん》を迫害《はくがい》し、ロマやシンティの人《ひと》たち、障害《しょうがい》をもつ人《ひと》たちや同性愛《どうせいあい》の人《ひと》たちも迫害《はくがい》の対《たい》象《しょう》になりました。

一九四〇年《ねん》、オランダはドイツに占領《せんりょう》され、その二年後《ねんご》、ヴェステルボルクは通過収容《つうかしゅうよう》所《じょ》となります。ユダヤ人《じん》はいったんここに集《あつ》められ、そこから東《ひがし》ヨーロッパの強制収容所《きょうせいしゅうようじょ》に「移送《いそう》」されるのです。調《しら》べていくと、レオとアンネは、一日《にち》ちがいの列車《れっしゃ》に乗《の》せられたことがわかりました。アンネの列車《れっしゃ》の行《い》き先《さき》はアウシュヴィッツ、レオの行《い》き先《さき》はテレージエンシュタット。ふたりは、どこかですれちがったかもしれません。ヴェステルボルクには、そこで生《い》きていた人《ひと》たちの声《こえ》が、かぞえきれないほどかくされているのです。

マルティネ・レテリーは、その後《ご》もヴェステルボルクをテーマに『星《ほし》をつけた子《こ》どもたち』（未邦訳《みほうやく》）を書《か》き、二〇一七年《ねん》に「銀《ぎん》の石筆賞《せきひつしょう》」を受賞《じゅしょう》しました。小学校《しょうがっこう》のクラスをまわって、画像《がぞう》を見《み》せながらレオの物語《ものがたり》を伝《つた》える活動《かつどう》も、積極的《せっきょくてき》に続《つづ》けています。

戦後《せんご》、ヴェステルボルクは、オランダ政府《せいふ》により「ナチスの協力者《きょうりょくしゃ》」として逮捕《たいほ》されたオランダ人《じん》の収容所《しゅうようじょ》としてつかわれました。一九五〇年《ねん》から一九七〇年《ねん》にかけては「スハッテンベルフ」と名前《なまえ》を変《か》え、植民地《しょくみんち》だったオランダ領東《りょうひがし》インドから帰《かえ》ってきたオランダ人《じん》の収容所《しゅうようじょ》として、一九七一年以降《ねんいこう》はモルッカ諸島《しょとう》からの難民《なんみん》（旧《きゅう》オランダ軍《ぐん》の兵士《へいし》たちとその家族《かぞく》）の収容所《しゅうようじょ》としてつかわれました。一九七一年《ねん》に閉鎖《へいさ》されましたが、一九八三年《ねん》にはヴェステルボルク収容所《しゅうようじょ》メモリアル・センターが近《ちか》くにつくられ、おとずれる人《ひと》たちを迎《むか》えています。

二〇二二年《ねん》、当時《とうじ》のオランダの首相《しゅしょう》マルク・ルッテは、戦争中《せんそうちゅう》にナチスドイツからユダヤ人《じん》を守《まも》らなかったことを政府《せいふ》として謝罪《しゃざい》。今年《ことし》、オランダ劇場《げきじょう》のむかい側《がわ》には「国立《こくりつ》ホロコースト博物館《はくぶつかん》」もオープンしました。国《くに》のなかに、ホロコーストの歴史《れきし》を忘《わす》れてはならない、という危機感《ききかん》があるのです。

この場《ば》を借《か》りて、ヴェステルボルクへのご案内《あんない》にくわえて、山《やま》ほどの質問《しつもん》に根気《こんき》よく答《こた》えてくださった作家《さっか》マルティネ・レテリーさんに、深《ふか》く感謝《かんしゃ》いたします。ひとりの少年《しょうねん》の現実《げんじつ》をえがいたこの本《ほん》は、戦争《せんそう》を大声《おおごえ》で批判《ひはん》しているわけではありません。エピソードをひとつずつ積《つ》み重《かさ》ね、そのときレオがどうう けとめたかを伝《つた》えるだけ。そこから差別《さべつ》と偏見《へんけん》がなにを生《う》み、国《くに》や組織《そしき》にしたがった人《ひと》たちがなにをしたかを、私《わたし》たちに考《かんが》えさせます。本《ほん》をとじたあと、感《かん》じたことを、どうぞみなさんで話《はな》し合《あ》ってみてください。

二〇二四年《ねん》八月《がつ》

野坂悦子《のざかえつこ》

作　マルティネ・レテリー　Martine Letterie

1958年生まれ。長年、学校でオランダ語を教え、91年〜93年は、年に一度、もっとも文章のすぐれた子どもの本に贈られる「金の石筆賞」の選考委員も務めた。96年に児童書作家としてデビュー、97年より執筆活動に専念し、主に実話にもとづいた歴史的な児童書を手がける。2017年『星をつけた子どもたち』で銀の石筆賞を、20年『飛行禁止』でテア・ベックマン賞を受賞（ともに未邦訳）。オランダIBBYの会長を務める。

訳　野坂悦子　Etsuko Nozaka

1959年、東京都生まれ。早稲田大学第一文学部卒業。オランダ語、英語などの児童文学作品を日本に紹介している。2003年に、翻訳絵本で産経児童出版文化賞を受賞。訳書に『どんぐり喰い』（エルス・ペルフロム作　日本翻訳家協会翻訳特別賞）、『そして、あの日　エンリコのスケッチブック』（リンデルト・クロムハウト作）、『パパがしげみになった日』（ヨーケ・ファン・レーウェン作）など。元JBBY理事。紙芝居文化の会運営委員。

レオがのこしたこと　ヴェステルボルク収容所《しゅうようじょ》の子《こ》どもたち
2024年11月6日　初版発行

作　マルティネ・レテリー
訳　野坂悦子

発行者　吉川廣通
発行所　株式会社静山社
〒102-0073　東京都千代田区九段北1-15-15
電話03-5210-7221　https://www.sayzansha.com
印刷・製本　中央精版印刷株式会社

装丁　坂川朱音
組版　マーリンクレイン
編集　荻原華林

ISBN978-4-86389-831-8

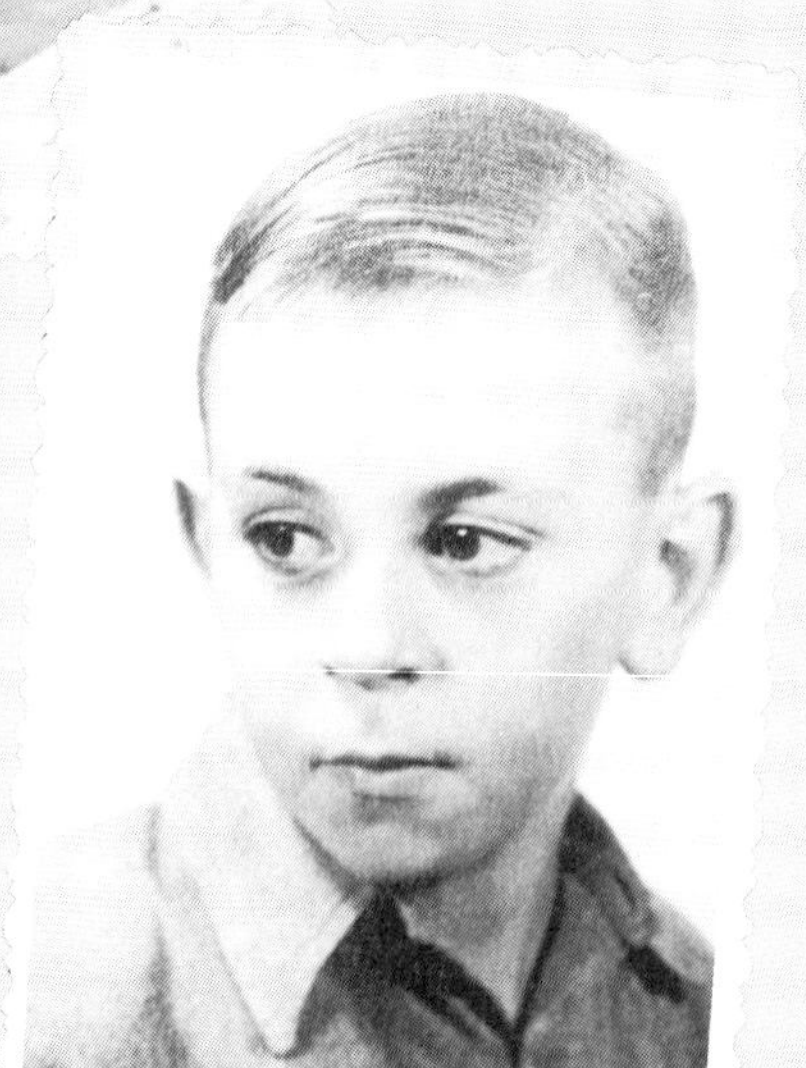